행복한 바보

나는 노무현식 바보가 좋다

이명수 지음

지성문화사

머리말

오래도록 잊혀지지 않는 영화의 한 장면이 있다. 재기발
랄하고 아름답던 무용수가 사고로 무릎에 심한 부상을 당
했다. 상처가 너무 커서 이제는 영영 무대에 오를 수가 없
게 되었다. 그 무용수에게 있어서 춤은 곧 인생의 의미였
고, 삶의 전부였다. 그것을 잃은 이상 살아갈 희망이 없었
다.

영화 '라임 라이트'에서 무릎을 부상당해 자살을 기도하
는 무용수 클레아 블룸을 격려하며 어릿광대 채플린은 이
렇게 말한다.

"인생은 살아간다는 것에 가치가 있죠. 어떤 일이 있어
도 말입니다. 인생에는 세 가지가 필요합니다. 용기와 희
망, 그리고 약간의 돈이 바로 그것이죠."

삶을 비관하는 사람들의 슬프고 우울한 뉴스를 접할 때
마다 나는 영화의 그 장면을 떠올리게 된다. 몹시 가난하
게 성장한 채플린이 용기와 희망을 입에 담고, 세 번째로
약간의 돈을 말하는 장면은 역시 채플린다워 가슴을 찡하
게 울린다. 그러나 나는 코허리를 시큰하게 했던 그 세 번
째의 말을 '의지(意志)'로 대처하고 싶다.

인생에는 항상 순경(順境)과 역경이 상존하고, 위기와 기
회가 공존한다. 밝고 맑던 하늘이 어떻게 변하여 거센 폭
풍우가 몰아칠지 모르지만, 결코 그것이 영원히 계속되지

는 않는다. 추운 겨울이 지나면 따뜻한 봄이 온다. 그런데도 심약하고 의지가 박약한 사람들은 일시적인 현상에 쉽게 좌절하고 절망한다. 부정적인 사고에 사로잡혀 어쩔 바 모르다가 스스로 고귀한 생명까지 포기한다. 먹구름 뒤에 숨어 있는 태양을 생각하지 못하기 때문이다.

희망과 용기와 의지, 어려울 때일수록 이 세가지가 우리 인간에게 절실히 필요하다. 이것만 잃지 않으면 어떠한 재난도 우리를 참담할 정도로 불행케 하지는 못한다.

인간은 쉬임 없는 자기 수련과 성찰(省察)이 요구되는 약하고도 강한 존재이다. 고해(苦海)라는 세상에서 후회없는 삶을 살기는 어렵다고 하지만, 바로 그렇기 때문에 최선을 다하는 자세가 필요하다.

'인간은 삶의 고통과 상처를 어떻게 이겨내는가!' 하는 것이 이 책의 주제이다. 온갖 역경과 슬픔을 딛고 우뚝 일어선 사람들의 이야기를 담으려고 노력했다. 사실 인간의 의지와 노력으로 극복한 고난과 역경은 슬픔조차도 아름다운 법이다.

아무쪼록 여기에 실린 이야기가 독자들의 상처받기 쉬운 영혼에 감동을 주고, 용기와 희망을 주어 삶의 활력소가 되었으면 하는 마음이 간절하다.

이명수

차 례

제2장 아직도 우리에게 소중한 것들

제3장 영혼으로 부르는 생명의 노래

제1장

이제 마음에 촛불을 밝히자

희망은 영구히 인간의 가슴에서 솟는다.
인간은 언제나 이제부터 행복해지는 것이다.

기적을 기대하라

1929년, 미국에서 해일(海溢)처럼 일어난 엄청난 불황은 삽시간에 전세계로 퍼져나갔다. 특히 월가(wall街)의 몰락은 많은 사람들에게 경제적 파탄을 가져왔다. 폭풍처럼 몰아친 불황으로 사람들은 어찌할 바를 모르고 술렁거렸다. 막다른 골목까지 몰린 사람들은 이성을 잃고 극단적인 행동을 서슴지 않았다. 가는 곳마다 죽겠다는 아우성뿐이고, 희망이라곤 찾아볼 수가 없었다.

자살하는 사람들이 속출했다. 집에 불을 질러 일가족이 목숨을 끊는 일도 있었고, 도시 곳곳에서 스스로 목숨을 끊는 권총 소리가 끊이지 않았으며, 빌딩의 창문을 통해 뛰어내리는 사람이 꼬리를 물었다. 실로 지옥의 아수라도(阿修羅道)를 방불케하는 날들이 계속되고 있었다.

월가에서 주식 브로커를 하고 있는 폴도 완전히, 정말 쫄딱 망했다. 전재산을 몽땅 날리고, 살고 있는 집까지 남의 손으로 넘어가 버렸다. 당장 처자식과 살아갈 일이 암담했다. 다음날까지 집을 비워야 한다는 채권자의 통보를 받고 폴은 절망적인 심정으로 늦게 귀가했다. 집에서는 아내가 걱정스런 표정으로 기다리고 있었다. 두려움에 떨고 있는 아내의 가련한 모습을 본 폴은 가슴이 미어지는 것만 같았다. 유난히 마음이 여린 아내였다. 하루 아침에 오갈 데 없는 신세가 되었다고 말한다면 아내는 어떤 반응을 보일 것인가? 그 충격을 이기지 못하고 쇼크사를 할지도 모른다는 불길한 생각이 폴의 뇌리를 스쳤다.

"달링, 아직 안 자고 있었어?"

폴은 환하게 웃으며 아내의 이마에 키스를 했다.

"여보, 요즘 월가가 무너진다고 모두가 아우성인데 당신은 아무 일 없어요?"

"괜찮아, 만사 오케이야!"

폴은 의기양양하게 말했다. 그래도 아내의 표정에서 어두운 그림자가 사라지지 않았다. 폴은 아내의 등을 부드럽게 어루만지며 담담하게 입을 열었다.

"오늘의 불황은 정말 유사 이래 최대의 불황인가 봐. 우리도 이 집을 포함하여 모든 재산을 몽땅 날렸으니 말이야."

"아니, 뭐라고요?"

아내는 소스라치게 놀라며 자리에서 벌떡 일어났다.

그러나 엄청난 일을 당한 남편 폴의 모습은 태연하기만 했다. 아내는 앞으로 살아갈 날에 대한 두려움이 파도처럼 가슴에 밀려들었다. 남편의 태연한 모습에 일루의 희망을 걸어보면서도 흘러내리는 눈물을 주체할 수 없었다.

"울지 말아. 바보처럼 왜 울어!"

폴은 아내의 들썩거리는 어깨를 감싸 안으며 나직하지만 힘 있는 목소리로 말했다.

"걱정할 것 없어. 우리가 잃은 것은 돈뿐이야. 우리는 다시 해낼 수 있어. 당신과 나와 우리 아이들이 여기 버젓이 사랑으로 남아 있는데, 뭐가 아쉬워서 우는 거야. 자, 이제 눈물을 그쳐. 오늘은 푹 쉬고 내일부터 새롭게 시작하는 거야."

다음날 폴은 간신히 빈민가에 단칸방을 얻고 철저히 밑바닥에서 다시 시작했다. 생활은 이루 말할 수 없이 고통스러웠지만, 가족들 앞에서는 그런 내색을 하지 않으려고 무던히 애썼다.

폴과 아내가 허리띠를 졸라매고 1년 남짓 열심히 일한 보람이 있어 작은 가게를 내게 되었다. 생활용 상품을 파는 가게였다. 어느 날 주문한 물건의 포장을 뜯어보니, 내용물의 맨 위에는 '기적을 기대하라!'고 적혀 있는 한 장의 카드가 들어 있었다. 그 말 외에는 아무 말도 적혀 있지 않았다. 폴은 이 카드를 곧 쓰레기통에 버리려고 했다. 그런데 어쩐지 마음에 걸려서 버리지 못했다.

'기적을 기대하라! 대체 무슨 뜻일까?'

폴은 혼잣말로 중얼거리다가 그 카드를 카운터 위에 놓았다. 그리고 까맣게 잊고 있었는데, 나중에 포장 재료를 한꺼번에 처리하다가 또 그 카드를 발견했다.

'이 카드가 어째서 포장 재료 속에 들어가 있었을까?'

폴은 고개를 갸우뚱거렸다. 아무리 생각해 보아도 까닭을 알 수 없었다. 누가 일부러 넣었을까? 아니면 실수로 넣은 것일까? 그렇지 않다면 누가 나한테 보냈다는 말인데……, 무슨 뜻으로 이런 카드를 보낸 것일까?

폴은 곰곰이 생각을 해보다가 그 카드를 호주머니에 넣

었다. 그리고 밤에 호주머니 속의 내용물을 꺼낼 때까지 완전히 잊고 있었다. 하루의 매상을 결산하기 위해 호주머니 속에서 돈을 꺼낼 때 폴은 그 카드를 발견했다.

"이것 좀 봐!"

그는 아내에게 말했다.

"기적을 기대하라! 대체 무슨 의미일까?"

아내도 폴과 마찬가지로 생각에 잠기며 고개를 갸우뚱거리다가 문득 눈을 반짝 빛냈다.

"여보, 어쩌면 이 카드에 적혀 있는 말이 지금 우리에게 정말 필요한 말인지도 몰라요!"

"우리에게 필요한 말이라고?"

"그래요. 우리는 지난 1년 동안 여러 가지 문제를 걸머지고 힘겹게 살아왔어요. 당신은 힘든 것을 내색하지 않으려고 애써왔지만……, 많이 힘들어하고 있다는 것을 저는 알고 있어요. 그러니 이제부턴 좀 멋진 일이 일어나도록 기대하며 살아가는 것이 좋지 않겠어요? 여보, 그렇게 하면 정말 기적이 일어날지도 몰라요."

"꿈보다 해몽이 좋군 그래! 어쨌든 좋아. 기적을 기대한다고 해서 나쁠 것은 없으니까."

다음날 아침, 아내가 밝은 얼굴로 폴에게 말했다.

"오늘부터 우리가 가장 골치를 썩고 있는 문제를 하나씩 선택하여 일념으로 기적을 기대해 봅시다. 기적을 기대한다고 해서 돈이 드는 것은 아니니까 말이에요."

폴은 아내의 그런 모습이 순진하고 귀여워서 모처럼 호탕하게 웃었다.

"하하하……. 돈이 들지 않으니까 해보잔 말이지? 좋아

좋아! 우리의 문제는 기적적으로 풀리게 될 거야."

이렇게 하여 두 사람은 기적을 기대하기 시작했다. 처음에는 장난 비슷하게 시작했는데, 시간이 흐르면서 정말 그런 마음이 싹텄다.

"문제는 기적적으로 풀릴 것이다.!"

이렇게 다짐을 하니 우선 마음이 편해졌다. 적어도 어렵고 힘든 삶이 짜증스럽지는 않았다. 그리고 그 문제를 해결할 수 있는 새로운 생각들이 영감처럼 하나하나 떠오르기 시작했다.

"기적이 일어났어!"

마침내 그들은 몇 년만에 월가의 몰락으로 잃었던 재산을 완전히 복구했다. 기적을 기대하는 마음이 그 해결법을 스스로 찾도록 만들어준 것이다.

이 경험으로 폴과 그의 아내는 무슨 일이든 낙관적으로 생각하게 되었다.

매사에 낙관적이 되자 삶은 희망으로 충만되어 기쁨이 흘러넘치기 시작했다.

"기적을 기대하라는 카드를 누가 보내 주었을까?"

폴의 이 말에 아내는 빙그레 웃었다.

"아마도 우리처럼 기적을 기대하여 새 삶을 찾았던 사람이겠지요. 우리도 이제는 그 카드를 만들어 누군가에게 보냅시다."

"좋은 생각이오."

이리하여 그들은 '기적을 기대하라!'라는 카드를 보내기 시작했다.

결코 포기하지 말라. 결코 중단하거나 좌절하지 말라. 상황은 변할 것이며, 일념으로 바라고 노력하면 기적은 일어나기 마련이다!

불행에서 찾은 행복

영국 옥스포드 보들레이 도서관을 창설한 보들레이는 정의감이 불타는 이상주의자였다. 풍족한 환경 속에서 호화롭게 자란 그는 영국 육군사관학교를 졸업하고 군인이 되었다. 임관 후 당시 영국령(領)이었던 인도(印度)에서 영국 육군 장교로 주재하면서 마상 공치기, 사냥, 히말라야 야산 탐험 등 온갖 도락을 즐겼다.

제1차 세계대전이 발발하자 그는 자청하여 서부전선(西部戰線)으로 나가 군인의 사명을 다했다. 종전 후 대사관부 육군 무관으로서 파리 평화회의에 참석했다. 그는 동료 장교들이 부러워할 정도로 군인으로서의 출세 코스를 빠르게 밟고 있었다.

그러나 보들레이는 그런 것이 하나도 달갑지 않았다. 당시 국제 정세의 알력과 문제들이 그의 이상과는 너무나도 동 떨어져 있어서 놀람과 실망을 금치 못했다.

그는 서부전선에서의 싸움이 세계 평화와 문명을 보호하기 위한 것이라고 믿었기에 기꺼이 참전했다. 적어도 정의를 위한 전쟁이라고 생각하고 있었다. 하지만 돌아가는 정세를 보니 그것이 아니었다. 이기적인 정치가들은 어떻게 든 많은 영토를 차지하려고 국가간에 적개심을 유발하고, 비밀 외교를 통해 권력을 잡겠다고 온갖 수단과 방법을 가리지 않았다.

"권력자들의 더럽고 치사한 욕망 충족을 위해 그 수많은 군인들이 전선에서 피를 흘리며 죽어갔단 말인가! 결국 군인이란 권력의 사냥개에 불과하단 말인가! 정의 수호, 세계 평화를 위한다는 미명 아래 얼마나 많은 부조리가 판을 치고 있는가……"

보들레이는 군인의 길을 선택한 자기 자신을 후회했다. 전선에서 초개처럼 죽어간 동료들의 환영이 끝없이 그를 괴롭혔다. 죽고 죽이는 그 모든 것이 꼭두각시놀음처럼 여겨져서 극도의 회의감에 사로잡혀 있었다. 이러한 그의 정신적인 고통은 너무 컸다. 잠을 이루지도 못하고, 제대로 먹지도 못했다.

식음을 전폐하다시피 하고 극심한 불면증에 시달리던 보들레이는 하루하루 파리하게 여위어만 가고 있었다.

이 무렵에 그는 한 사나이를 만나게 되었다. 로렌스(Lawrence)라는 이름을 가진 사람이었다. 로렌스를 처음 본 순간 보들레이는 신비한 마력에 빨려 들어가는 느낌이었다.

로렌스는 옥스포드 대학에서 중세의 문학과 고고학·건축학·동양어학을 공부했다. 대영 박물관의 고고학자로 일하다가 전쟁이 터지자 영국 정보장교로서 이집트에 파견되었다. 이때부터 오스만 투르크(지금의 터키)에 대한 아랍민족의 독립운동에 뛰어들어 헌신적으로 일하고 있었다.

로렌스가 들려준 이야기는 실로 만화경과 같은 내용이었다. 로렌스는 아랍인들과 사막에서 지내는 것을 더없는 인생의 보람과 행복으로 여기는 듯했다.

　"낯선 타국의 사막 생활이 불편하지 않습니까?"

　보들레이가 의아하게 생각하고 묻자, 로렌스는 만면에 잔잔한 미소를 띠고 말했다.

　"그렇게 생각할 수도 있겠지요. 하지만 나는 그런 불편을 조금도 느끼지 않습니다. 당신은 지금 무척 정신적인 고통에 시달리며 방황하고 있지만, 사막에서 며칠만 생활하면 그런 것도 씻은 듯이 사라지게 될 것입니다."

　"정말 그럴까요?"

　"내 경우에는 그랬습니다."

　보들레이는 로렌스가 지나치게 낭만적인 감상주의자라고 생각되었다. 그렇지만 그와 잠시 대화를 나누는 동안은 이상하게도 마음이 편했다.

　'내가 더이상 군복을 입고 있어야 할 이유가 있을까? 진급에 진급을 거듭하여 장군이 되고, 행운이 따라 원수가 되어 전군(全軍)을 호령한다 한들 거기에 무슨 의미가 있을까?'

　보들레이는 군복을 벗을 결심을 하고 미련없이 제대(除隊) 신청을 했다. 그리고 세상만사가 싫고 귀찮아 훌쩍 북서 아프리카로 떠났다.

　로렌스는 그를 반갑게 맞이하여 주었다. 이날 밤 두 사람은 십년지기처럼 많은 이야기를 주고 받았다. 밤이 지새는 것도 모르고 이야기에 취해 있던 로렌스가 말했다.

　"여기까지 왔으니 사막의 생활을 몸소 체험해 보는 것도 좋을 것입니다. 내가 유목민들을 소개해 줄테니 그들과 며칠 동안 지내 보시렵니까?"

"좋습니다."

이렇게 하여 보들레이는 알라 신원(神園)인 사하라사막에서 유목민들과 생활하기 시작했다. 사막 생활은 첫날부터 고통스럽기 이루 말할 수 없었다. 낮은 사람을 태울 듯이 뜨거웠고, 밤은 절로 이가 부딪칠 정도로 추웠다.

"사람이 살 곳이 아니다!"

보들레이는 절레절레 고개를 흔들었다. 당장 돌아가겠다고 가방을 챙겼다. 그런데 이때 바람이 불기 시작했다. 폭풍과도 같은 무서운 바람이었다. 휘몰아치는 모래 바람 속을 뚫고 사막을 빠져 나가는 것은 불가능했다. 그것은 마치 기름통을 지고 불에 뛰어드는 것과 같은 자살행위에 불과했다.

유목민들은 빠르게 사막의 폭풍에 대처했다. 비교적 안전한 곳에 천막을 치고 양떼를 옮겼다. 능숙하게 일을 하는 그들의 모습은 거의 표정이 없었다.

바람은 사흘 동안 밤낮을 가리지 않고 불었다. 맹렬하고도 태워버릴 듯 불어오는 뜨거운 바람은 말로 형용할 수 없을 정도로 사납고 세찼다. 그 바람은 사하라사막에서부터 지중해 너머 수백 마일까지 모래를 흩뿌리는 것만 같았다.

보들레이는 머리털이 다 타버리는 것만 같은 고통을 느꼈다. 갈증은 심했고, 눈은 빠져나가는 것처럼 쓰라렸다. 콧속과 입안이 온통 모래알 투성이어서 숨쉬기조차 힘들었다. 그것은 흡사 불이 활활 타는 유리공장 용광로 앞에 서 있는 기분이었다. 그는 더이상 견딜 수가 없었다. 당장이라도 미쳐버릴 것만 같았다.

"아이고 죽겠네!"

보들레이는 고함을 지르며 천막 안을 서성거렸다. 그럼에도 불구하고 유목민들은 초연했다. 그들은 그저 어깨를 웅크리고 앉아 도란도란 이야기를 나누고 있었다. 간간이 웃기까지 했다.

"제기랄, 이런 상황에서 웃음이 나오나!"

보들레이는 입속말로 투덜거리며 그들의 얼굴을 유심히 살폈다. 걱정하는 기색은 조금도 없었다. 살인적인 모래 바람에 양들이 수없이 죽어가고 있는 데도 천연스러웠다.

'저들의 심장은 강철로 만들었단 말인가?'

그는 자신의 상식으로는 도저히 이해할 수 없었다. 발을 동동구르고 통탄해도 부족할 상황에서 그토록 천연스럽게 있는 모습이 괴이하기까지 했다.

사막의 열풍은 어느 순간 거짓말처럼 잠들었다. 그러자 유목민들은 불평 한마디 없이 폭풍이 지나간 자리를 정돈했다. 양떼는 절반도 넘게 죽어 여기저기에 시체가 널부러져 있었다. 그것을 한 곳에 모으면서도 그들의 표정은 담담하기만 했다.

"이런 불행을 당하고도 괜찮습니까?"

보들레이는 너무 이상하여 유목민의 가장 연장자에게 물었다. 주름살이 골을 이룬 연장자는 알듯 모를 듯한 미소를 짓다가 다른 유목민들을 향해 말했다.

"이만한 것도 정말 다행한 일이야. 자칫 잘못했다간 모두 잃었을지도 몰라. 자, 모두 신께 감사하자. 아직 40%의

양떼가 남아 있으니 말이야.”

이 말에 보들레이는 전류에 감전된 듯한 충격을 받았다. 그 충격은 너무 강렬하여 몸을 부르르 떨게 하면서 소변까지 지리게 했다.

‘아아, 바로 이것이었구나!’

보들레이는 자기를 사막으로 오게 한 로렌스를 생각했다.

‘그도 이런 경험을 하고서 인생관을 바꾼 것이었구나! 불행 속에서도 행복부터 헤아리는 마음, 이 얼마나 경외스러운가!’

엄청난 사막의 폭풍과 그에 대처하는 유목민의 자세, 그런 것이 보들레이의 마음을 백팔십도로 바뀌게 했다. 전쟁으로 인해 상심했던 마음의 고통은 정말 씻은 듯이 사라져 버렸다.

이때부터 보들레이는 유목민들과 함께 생사고락을 함께했다. 그들과 같이 옷을 입고, 그들의 음식을 먹고, 그들의 생활 양식을 따랐다. 천막 생활을 하며 양을 치고, 그들의 종교를 연구했다.

7년 후, 그는 아버지가 세상을 떠났다는 소식을 듣고 영국으로 돌아왔다. 재산을 정리하여 보들레이 도서관을 세우고 책에 파묻혀 조용한 일생을 보냈다. 노년에 그는 사막 생활을 회상하며 단문의 글을 신문에 기고했다.

“사막에서 보낸 7년 세월이 내 생애에서 가장 만족스럽고 평화롭던 시기였다. 고민이라곤 있을 수 없었다. 눈앞에서 모든 것을 잃어도 내가 살아 있다는 사실 하나만으로 기뻤다……

현실에서 견딜 수 없는 고통에 직면해 있는 사람이 있다면, 나는 사막으로 갈 것을 제의하고 싶다. 그러면 당장 마음의 평화를 찾을 수 있을 것이다."

'아라비아의 로렌스'로 일컫는 로렌스의 글 속에는 보들레이에 대한 기록이 적잖게 나온다. 로렌스는 보들레이를 '세상에서 가장 욕심없고 행복한 사나이'라고 평했다. 보들레이 또한 로렌스를 '제1차 세계대전이 낳은 가장 아름답고 낭만적인 인물'이라고 했다.

아무튼 두 사람은 불행에서 행복을 헤아리는 아랍인들의 정신에 매료되어 세상을 보는 눈이 바뀌었고, 죽는 날까지 마음의 평화를 잃지 않았다.

정말 다행이야. 자칫 잘못했다간 모두 잃었을지도 몰라. 자, 신께 감사드리자. 아직 절반 가량의 양떼가 남아 있으니.

믿음의 깊이

　제2차 세계대전 막바지였다. 독일을 점령한 연합군의 수색대가 하루는 패잔병 소탕에 나섰다. 가옥과 건물을 빠짐없이 수색해 나가던 중, 무너져 내린 흙더미에 거의 파묻힌 폐가에 이르렀다.

　몇 명의 병사가 조심조심 수색하기 시작했다. 지하로 통하는 계단이 있어 수색대는 따라 내려갔다. 어두컴컴한 지하에는 잡다한 취사 도구가 여기저기 나뒹굴고 있을 뿐 사람은 없었다.

　한 병사가 플래시를 켜고 구석구석을 비추다가 벽면의 한 귀퉁이에 불빛을 고정시켰다. 불빛을 받은 벽에는 커다란 다윗의 별 하나가 그려져 있었다. 날카로운 송곳 같은 것으로 긁어서 그린 것이었다.

　다윗의 별은 유태 민족의 상징이다. 나치 독일은 유태인의 식별을 용이하게 하기 위하여 이 별을 유태인의 가슴에 부착하도록 강요했다. 이유는 악랄한 탄압을 가하기 위해서였다.

　이 별이 그려진 바로 아래에 다음과 같은 글이 씌여져

있었다.

　나는 태양을 믿는다―그것이 비치지 않을 때라도
　나는 사랑을 믿는다―그것이 표현되지 않을 때라도
　나는 하느님을 믿는다―비록 아무 말씀 없으실 때라도

　이 글을 읽는 순간, 병사들은 너나 할 것 없이 형언할 수 없는 감동에 온몸을 떨었다. 비록 설명은 없더라도 그 글을 써야했던 상황이 너무나 명백하게 눈에 떠올랐기 때문이었다.

　제2차 세계대전 당시 나치 독일의 유태인 박해는 필설로 표현할 수 없을 정도로 악랄했다. 그 지옥 같은 상황에서 한 유태인이 지하실에 숨어 살았을 것이다. 밤낮 없이 영육을 찢기우는 공포에 시달리면서도 그러한 글을 써놓을 수 있는 믿음.
　인간에게 믿음보다 강하게 작용하는 것은 없다.

신비한 약

어느 여자대학 문학 서클에서 여름방학을 이용하여 지리산 등반에 나섰다. 아침 일찍 산행을 시작한 일행은 점심때쯤 인적이 없는 울창한 산속을 걷고 있었다.

그때 갑자기 한 학생이 배를 움켜잡고 고꾸라지더니 그 자리에서 뒹굴기 시작했다. 연신 괴로운 신음을 토해내며 고통으로 일그러진 그 학생의 이마에는 구슬 같은 땀이 송송 맺히기 시작했고, 얼굴은 핏기를 잃어 새하얗게 변해갔다.

동료의 그러한 모습을 본 일행들은 어찌할 줄 몰랐다. 준비해간 상비약도 없었고 깊은 산중이라 어디 구원을 요청할 수도 없었다. 정말 속수무책이었다.

그렇게 안타까운 시간이 얼마나 흘렀다. 시간이 흐를수록 그 학생의 증세는 더욱 심해졌다. 한눈으로 보아도 금세 숨이 끊어질듯 위태로운 지경이었다. 보다 못한 일행들은 그 학생을 부축하여 조심조심 산길을 내려가기 시작했다.

그러나 연약한 여학생들이 아픈 학생을 부축하여 험한

산길을 내려간다고 해도 마을은 밤에나 도착할 먼 거리에 있었다.

얼마쯤 내려왔을 때 약초 캐는 한 노인을 만났다. 학생들은 물에 빠진 사람이 지푸라기라도 잡는다는 심정으로 노인에게 도움을 청했다.

학생들의 도움 요청을 받은 노인은 배를 움켜잡고 고통에 신음하는 그 학생을 한참 동안이나 심각한 표정으로 묵묵히 바라다보며 깊은 생각에 잠겼다. 그러다 문득 얼굴이 환하게 밝아지며 소리쳤다.

"아하, 이제서야 알았다."

노인의 그 말에 학생들은 눈이 휘둥그래지며 노인을 보았다. 노인의 말투와 표정을 보면 틀림없이 좋은 수가 그 노인에게 있는 듯했다. 그래서 저마다 저으기 안심하며 놀란 가슴을 쓸어내리고 있는데, 노인이 다시 말했다.

"이 학생을 여기에 반듯이 눕히게나. 하마터면 큰일 날 뻔했어. 그러나 이젠 안심이야. 이 병에 직통으로 듣는 신비한 약초가 마침 내게 있으니까 조금만 참으면 돼."

노인의 자신에 찬 말에 학생들은 물론이고, 신음을 토해내며 누워 있는 아픈 학생의 얼굴에도 기쁨의 빛이 역력했다. 아픈 학생의 눈에 다소나마 생기가 돌자 노인은 껄껄 웃으며,

"자넨 오늘 운이 좋은 거야. 살려고 나를 만났어. 이제 곧 거짓말처럼 낫게 될 테니 조금만 참게나."
하고 말하며 재빨리 계곡이 있는 곳으로 뛰어갔다.

뜨거운 커피 한 잔 마실 정도의 시간이 흘렀을 때, 노인은 두 손으로 하얀 사기그릇을 받쳐들고 조심스럽게 학생

들이 있는 곳으로 오고 있었다. 그런데 표정이 너무 엄숙하고 걸음걸이가 어찌나 조심스러웠던지 사뭇 외경스럽기까지 하였다. 귀한 약을 혹시 쏟을까 봐 그러는 것이라는 것을 한눈에 알 수 있었다.

학생들과 아픈 학생은 그러한 노인의 걸음을 숨죽이며 지켜보고 있었다. 이윽고 학생들의 곁에 도착한 노인은 눈짓으로 아픈 학생을 일으키게 했다. 그가 친구들의 부축을 받으며 상체를 일으키자 노인은 안도의 한숨을 내쉬며 입을 열었다.

"이제 되었네. 어서 이 약을 쭉 들이키게. 그러면 금세 아픈 것이 씻은 듯이 나을 것이네."

아픈 학생은 그 약그릇을 받았다. 그릇에는 푸른 기운이 감도는 약물이 넘치도록 그득하게 들어 있었다. 진한 향기가 물씬 풍기는 푸른 약물은 어쩐지 상서로운 기분을 느끼게 했다. 신비한 영약임에 틀림이 없었다. 아픈 학생은 그 약물을 한 방울 남김없이 단숨에 들이켰다.

정말 신기한 영약이었다. 그 약을 마시자마자 그렇게 고통스럽던 복통이 씻은 듯이 사라졌던 것이다. 이내 학생의 얼굴에 화색이 돌아왔다. 그러자 학생은 노인 앞에 무릎을 꿇고 고개를 조아리며 연신 감사의 말을 했다.

"할아버지, 감사합니다. 이 은혜에 어떻게 보답해야 할지 모르겠습니다."

"당연히 할 일을 한 것 뿐이야."

노인은 그렇게 말하며 그 학생의 등을 부드럽게 어루만져 주었다. 그런 후 자리를 떠나려고 했다.

그러자 학생들은 은인을 그냥 보낼 수 없다며 준비한 음식을 대접했다.

학생들이 정성스럽게 준비한 음식을 맛있게 먹은 후 노인은 나직한 목소리로 이런 말을 했다.

"병은 마음에서 오는 것이 많다네. 따라서 마음으로 치료해야 낫게 되는 병도 많지. 실은 오늘 내가 지어준 약은 신비한 약초가 아니라 계곡물에 쑥즙을 탄 것이네. 그런데도 그 물을 먹고 학생의 복통이 씻은 듯이 나았던 것은, 그 신비한 약을 먹으면 틀림없이 병이 나을 것이라는 믿음이 있었기 때문이지. 결국은 학생의 믿음이 병을 낫게 한 거야."

세상에는 인간의 상식을 초월하는 기적에 가까운 일이 많이 발생한다. 보통 사람은 도저히 할 수 없는 초인간적인 일을 하는 사람이 있다. 그 위대한 힘, 초인간적 능력의 원천이 바로 신념이다.

신념은 '믿어 의심치 않는 마음'이다. 복통을 일으켰던 그 학생은 노인의 말과 행동에 절대적인 믿음을 가졌던 것이다. 그 믿음이 복통을 낫게 했던 것과 같이 인간의 신념은 무한한 기적을 창출해낸다.

마음이 만물의 근원이고 존재의 근원이다. 신념은 위대한 힘이다.

잊지 말아야 할 일

옛날에 가난과 고생을 딛고, 열심히 노력하여 재상의 지위까지 오른 사람이 있었다. 그는 재상이 되면서부터 날마다 묘한 행동을 하기 시작했다.

그것은 꼭두새벽에 일어나 마당에 있던 무거운 기왓장을 뒤뜰로 옮겨 쌓아놓았다가, 저녁이면 다시 마당으로 옮겨놓는 것이었다.

우연히 그러한 광경을 보게 된 친구가 어이없어 하며 물었다.

"아니, 이게 무슨 낮도깨비 같은 짓인가! 듣자하니 꼭두새벽녘에 뒤뜰로 옮겼다가 저녁이면 다시 마당으로 옮겨 쌓는다고 하는데 무슨 까닭인가?"

그 말에 재상은 나지막하게 그러나 힘있는 목소리로,

"이렇게 힘든 일을 일부러 함으로써 내가 어려웠던 시절을 생생하게 기억하기 위함이네. 지금의 편안한 생활에만 빠져 나태해져 버린다면, 나라의 앞날을 걱정하는 정치를 어찌 하겠는가? 파멸이 오는 것은 지식이나 경험의 부족에서 오는 것이 아니라, 예전의 어려웠던 경험이나 그때의 일을 잊어버리기 때문에 오는 것이라네."
하고 말하며 기왓장을 계속 옮겨 쌓았다.

　'개구리가 올챙이 적 생각을 못한다'라는 속담이 있다.
이 속담처럼 많은 사람들은 옛 생각을 하지 못하는 데서
큰 불행을 만들며 살아간다. 어려운 처지에 있을 때는 어
려움을 알다가도 그 환경이 바뀌면 생각을 잊어버리는 어
리석음에 불행이 숨어 있는 것이다.
　어느 주부의 수기에서 이런 글을 읽은 적이 있다.
　'나는 과거를 생각하면 지금의 행복이 과분하고 고마울
뿐이다. 남편의 봉급이 과분하고, 내가 원하는 것을 할 수
있는 시간이 과분하고, 아이들의 건강한 성장이 과분해서,
꿈을 꾸는 게 아닌가 싶을 정도로 생활이 아름답기만 하
다.'
　과거를 생각하고 현재의 족함을 깨닫는 것, 여기에 모든
행복과 평화가 있는 것이다

노력하면 된다

근대 이론 과학의 선구자 뉴턴은 어머니의 뱃속, 즉 아직 태어나기도 전에 아버지를 여의었다. 그후 어머니마저 재혼하였으므로 할머니 손에서 자랐다.

소년 시절의 그는 몸집도 작고 허약하였으며, 학교 성적도 꼴찌에서 1, 2등이었다.

"아이작, 바보!"

아이들은 그를 이렇게 놀려댔고, 선생도 그를 바보로 여겼다. 그래서 그 자신마저 자기 머리가 나쁘다고 여겨버리게 되었다.

그러던 어느 날, 뉴턴은 사소한 일로 같은 반의 공부 잘하는 아이와 말다툼을 하게 되었다. 그 아이는 자기가 잘못했는데도,

"바보인 주제에 무슨 잔소리야."

하고 뉴턴의 옆구리를 발로 찼다. 뉴턴은 분해서 그 학생과 맞붙어 싸웠다. 그러나 허약한 그는 싸움에 질 수밖에 없었다. 구경하던 다른 아이들은 아무도 그의 편을 들어주지 않았다.

그날 밤, 뉴턴은 한잠도 자지 못하고 분해서 눈물을 흘렸다.

'머리가 나쁜 사람의 말은 옳은 말이라도 믿어주는 사람이 없구나.'

그렇게 자학하던 뉴턴은 새벽녘이 되어서 문득 이런 생각을 했다.

'내 머리는 정말 바보일까? 나는 내 자신을 바보로 생각하고 지금까지 한번도 공부를 열심히 해본 적이 없었다. 그렇다. 체력으로나 공부로나 남에게 지지 않도록 열심히 노력해보자.'

그날부터 뉴턴은 굳게 결심을 하고 딴 사람이 된 것처럼 열심히 공부했다. 그러자 머지않아 놀랄 만큼 성적이 좋아졌다.

'나는 바보가 아니었다. 무슨 일이든지 노력하면 된다!'

뉴턴은 용기와 자신을 얻어 더욱 노력하여 뒷날 위대한 과학자가 되었다.

영국 케임브리지대학에 있는 뉴턴의 기념비에 있는 이 이야기의 서두에 이런 글이 새겨져 있다.

'그 천재, 인류를 뛰어넘었다. 그러나 뉴턴은 결코 천재로 태어난 것은 아니었다.'

1880년 미국에서 태어난 헬렌 켈러. 그녀는 세상에 태어난 지 9개월만에 큰 병을 앓아 눈은 볼 수 없게 되고, 귀는 들을 수 없게 되었으며, 입으로는 말도 할 수 없는 삼중고의 가련한 사람이 되었다. 그러나 그녀는 피나는 노력을 경주하여 '20세기의 기적'이란 칭호까지 받는 놀랄 만한 인물이 되었다

그녀는 맨처음 물(water)이라는 말 한마디를 배우기까지 무려 7년이란 긴 세월이 걸렸다. 그런 그녀가 끝까지 좌절하지 않고, 희망을 포기하지 않고 노력하여 최고 학부를 마쳤고, 희랍어, 라틴어, 독일어, 불어 등에 통달했다. 또한 《나의 회상록》, 《내가 살고 있는 세계》, 《믿음을 가지고》 등의 저서와 함께 큰 업적을 남겨 세계인들에게 큰 감동을 주었다.

충분히 삶의 희망을 포기하고도 남음이 있을 삼중고를 딛고 인간 정신의 승리를 이룩한 헬렌 켈러, 실로 그녀는 강한 인간 정신의 본보기라 아니할 수 없다.

인간의 정신력은 무한한 힘을 지니고 있다. 어떠한 시련도 정신력과 포기하지 않는 노력 앞에는 끝내 극복되는 것이다. 다만 노력하지 않고 쉽게 좌절하고 포기하기 때문에 시련이 가혹한 것이다.

포기하면 안 된다

    어느 산 사나이가 해발 8,848미터의 에베레스트 정상에 도전하고 있었다. 언제 꺼져내릴지 모를 크레바스의 설원과 험난한 빙벽, 사신(死神)처럼 덮쳐내리는 눈사태의 길을 사나이는 불굴의 의지와 집념으로 헤쳐나가고 있었다.

    한 발자국 한 발자국 산을 오르딘 사나이는 오랜 시간의 투쟁 끝에 마침내 정상 부근까지 오르게 되었다. 그러자 자존심 강한 세계의 지붕 에베레스트는 왜소하기 그지없는 인간에게 정복되지는 않겠다는 듯이 조화를 부리기 시작했다. 뼈와 살을 도려낼 듯한 무서운 추위와 함께 한치 앞도 가늠할 수 없는 세찬 눈보라로 사나이의 발길을 막는 것이었다.

    사나이는 에베레스트의 거센 저항을 받자 어찌할 줄 몰랐다. 이내 숨이 가빠지기 시작했고, 호흡이 곤란해졌다. 이젠 도저히 한 발자국도 떼놓을 수 없게 되었다.

    그때 마음속으로부터 하나의 작은 속삭임이 그를 부추겼다.

    "위험하니 그만 둬. 더이상 오르다가는 죽을지도 몰라.

포기하는 거야. 어서 포기하고 내려가는 거야."

사나이는 그 속삭임을 구세주의 목소리인 양 받아들였다. 그래서 결국 하산을 결심하고 몸을 돌이켰다. 바로 그 순간이었다. 어디선가 벽력같은 소리가 들려와 사나이의 귀청을 때렸다.

"포기하면 안 된다. 정상이 네 눈앞에 있다. 두려워 말고 앞으로 나아가거라."

사나이는 깜짝 놀라 사방을 둘러보았다. 그 소리는 아버지의 목소리였다. 이미 11년 전에 돌아가신 아버지의 목소리가 분명했다. 한치 앞을 볼 수 없는 세찬 눈보라만 있을 뿐 소리친 아버지는 어디에도 없었다.

아버지의 목소리를 들은 사나이는 다시 몸을 돌려 에베레스트를 오르기 시작했다.

얼마쯤 더 올랐을 때 영문도 알 수 없는 뜨거운 눈물이 그의 두 뺨을 타고 쉴 새 없이 흘렀다 사나이는 자신이 서 있는 곳이 어느 정도인가도 알 수 없었지만 계속 발걸음을 떼어놓으려 했다. 그러나 걸을 수가 없었다. 갈 곳이 더이상 없었던 것이다.

그때서야 정신을 차리고 둘러보니 그곳이 바로 에베레스트 정상이었다.

사나이는 감격의 눈물을 흘리며 자신이 딛고 서 있는 정상에 우리 민족의 표상인 태극기를 꽂았다. 이때가 1977년 9월 17일 12시 50분이었다.

위의 이야기에 등장하는 사나이는 만년설 매킨리 고봉 기슭에서 산화한 산 사나이 고상돈이다. 그가 에베레스트의 정상에 오를 때까지 겪고 보았던 환상과 같은 이야기들이 그의 일기장에 적혀 있다.

　가장 강한 자의 이론은 최선이다. 정상에 이르는 길은 목적을 향해 시종일관하는 것 외엔 다른 방법이 없다.

겨자씨 한 알만한 믿음이 있다면

어느 날 예수 앞에 한 사람이 무릎을 꿇고 애원했다.

"제 아들이 간질병에 걸려서 자주 불에 넘어지기도 하고, 물에 빠지기도 해서 몹시 고생하고 있습니다. 그래서 예수님의 제자들에게 데려갔지만 고치지 못했습니다."

그 말을 들은 예수는 이렇게 한탄했다.

"오, 믿음이 없고 비뚤어진 세대여! 내가 얼마나 더 당신들과 함께 있어야 나를 믿겠소? 그 아이를 내게 데려오시오."

이윽고 예수는 데려온 아이의 귀신을 꾸짖으니 귀신이 아이로부터 나가고 그 순간 병이 나았다.

그 후 조용한 시간에 제자들이 예수에게 물었다.

"스승님, 왜 우리는 귀신을 쫓아낼 수 없었습니까?"

그러자 예수는,

"그것은 믿음이 적기 때문이다. 내 분명히 말하지만, 너희들에게 겨자씨 한 알만한 믿음이 있다면 이 산을 향해 저리로 옮겨가라 해도 그대로 될 것이며, 너희에게 못할 일이 하나도 없을 것이다."

라고 엄숙히 말했다.

<성경>

인간의 대뇌 회로는 언제나 두 가지 방향으로 작용한다. 긍정과 부정이 그것이다. 두 사람이 똑같은 상황에 놓여 있더라도 한 사람은 긍정하고 한 사람은 부정하는 경우가 많다.

흔히 우리는 반쯤 남은 술병의 예를 든다. 한 사람은 벌써 반이나 마셨다고 언짢아 하고, 한 사람은 아직도 반이나 남았다고 기뻐한다. 똑같은 상황에 대한 정신작용이 긍정하는 것과 부정하는 것에 따라 이렇게 판이하게 달라지는 것이다.

세상의 모든 일도 긍정과 부정에 따라 그 결과는 사뭇 다르게 나타난다. 물론 믿음도 같은 맥락에서 해석될 수 있다. 종교인들은 신(神)을 믿기 때문에 찬양하지만, 비종교인들이 신을 부정하는 것은 신의 실체를 믿지 않기 때문이다. 이런 경우 종교인들은 먼저 믿기 때문에 신을 보는 것이고, 비종교인들은 먼저 믿지 않기 때문에 신을 볼 수 없는 것이다.

이처럼 인간의 정신작용은 불가사의하다. 어떻게 생각하느냐에 따라 있는 것도 없게 보이고, 없는 것도 있게 보이는 것이다. 그래서 항상 객관적인 사실보다 주관적인 해석이 문제다. 세뇌라는 것이 별다른 것이 아니다. 전혀 일어나지 않은 사실도 오랜 시간 골똘히 생각하면 실제 일어났던 것처럼 사실로 받아들이게 되는 것이 세뇌인 것이다. 실로 세뇌란 중추신경의 오묘한 맹점이라 아니 할 수 없다. 따라서 이 점을 건설적으로, 긍정적인 쪽으로 잘 활용할 수 있는 사람이 지혜로운 사람이다.

어떤 일을 시작할 때, 그 일의 결과를 먼저 철석같이 믿을 것. 실로 이것이 중요하다. 세상의 어떤 문제에 부딪쳤을 때 신경질을 내고 좌절한다고 해서 그 문제가 해결되거나 달라지진 않는다. 불쾌한 일도 내 편한 쪽으로 해석하고 생산적으로 활용하면 삶의 차원이 달라지는 것이다.

자기 암시와 잠재의식

국제 천재클럽 회장을 지낸 빅터는 어려서 아주 공부를 못했다. 15살 때 담임선생은 그를 불러놓고,

"너는 둔해서 어차피 학교를 졸업하기 어려우니 중퇴하고 장사나 배우는 것이 더 나을 것이다."

라고 했다. 빅터는 그 선생의 충고대로 했고, 그후 17년이란 긴 세월을 저능아로서 여러 직장을 전전했다.

그런데 32살이 되었을 때 우연히 자기의 IQ가 161이나 된다는 것을 알게 되었다.

그 순간부터 그는 사람이 달라졌다. 지금까지의 저능아가 아니었다. 천재처럼 행동하기 시작하여 많은 책을 저술하고, 많은 특허품을 발명했다. 그리고 사업에 큰 성공을 한 후에 마침내는 천재협회 회장으로 선출되었다.

바보 온달에게 평강공주가 말했다.

"당신은 바보가 아닙니다. 위대한 장군이 될 수가 있습니다."

평강공주의 반복되는 이 말이 온달의 잠재의식에 뿌리를 내리고 싹이 트기 시작했다. 그가 얼마나 위대한 장군이 되었는지는 우리의 역사가 증명한다.

그에게 평강공주의 암시가 없었던들 그는 바보로 평생을 지냈을는지도 모른다.

우리나라의 온달과 서양의 빅터, 두 사람에게는 바보였다는 공통점이 있다.

그리고 훗날 훌륭한 사람으로 변신하게 되는 과정도 흡사하다. 그들은 바보라는 부정적인 암시를 받았을 때는 바보와 같이 되었지만, 긍정적인 암시를 하면서부터 자신의 숨겨져 있던 재능이 발휘된 것이다.

자기 암시란 우리가 오감을 통하여 스스로의 마음에 주는 암시나 자극을 말한다. 말하자면 일종의 자기 최면이다.

인간은 누구나 자기의 생각을 가지고 있다. 그리고 긍정적인 것이든 부정적인 것이든 그 생각이 잠재의식에 그대로 전달된다. 따라서 인간의 위대함은 그 사람의 사고의 위대함에 의해서 정해지는 것이다. 결단코 부정적인 생각을 하지 말아야 하며, 부정적인 말을 입에 담지 말아야 한다.

십자가의 참뜻

아버지의 회사에서 간부로 일하던 어떤 젊은이가 있었다. 그런데 아버지의 갑작스런 사업 실패로 졸지에 바닥인생을 헤매게 되었다.

부유한 가정의 외아들로 태어나 귀하게만 자랐기에 그에게는 스스로 역경을 헤쳐나갈 적응력이 모자랐다. 노력을 해도 소용이 없다고 쉽게 체념하고 좌절했다.

어느 세밑, 그는 눈이 많이 내리는 거리를 허기진 배를 움켜잡고 걸었다. 이때, 그의 뇌리에 고등학교 시절에 읽었던 소설의 한 장면이 파고들었다. 비극의 주인공이 비참한 종말을 맞이하는 장면이었다 그 장면을 생각하니 실의는 더했다. 마침내 기진맥진 기력을 잃고 어느 집 담 밑에 웅크리고 앉아버렸다.

얼마가 지났을 때, 누군가 그를 흔들어 깨웠다. 복조리를 팔고 다니는 노인이었다. 노인은 동사 직전의 그를 깨워 머리와 어깨 등에 쌓인 눈을 털어주었다.

그런 후 노인의 부축을 받아 가까운 포장마차로 가서 뜨거운 국수를 먹으며 몸을 녹였다.

노인은 그가 추위와 허기를 면한 것을 확인하자 함께 밖으로 나왔다. 그리고 그를 데리고 복조리를 팔러 다녔다.

얼마 후 복조리가 다 팔렸다. 그제서야 걸음을 멈춘 노인은 언덕 위의 교회를 가리키며 이렇게 물었다.

"젊은이, 저어기 저게 무슨 표시인가?"

"십자가 아닙니까?"

그것은 분명히 네온사인 붉은 불빛의 십자가였다.

"맞았어, 십자가지."

"할아버진 교회에 나가십니까?"

"그렇다네. 젊은이, 다시 찬찬히 보게나. 저 십자가가 어떤 다른 표시로는 보이지 않는가?"

"……?"

그는 아무리 바라보아도 십자가 표시일 뿐이었다. 그러자 노인은 다시 그의 어깨에 쌓인 눈을 털어주면서 나직한 목소리로 말했다.

"어때? 학교에서 수학시간에 배웠던 더하기 표로는 보이지 않는가?"

"네, 맞습니다. 더하기 표로도 보입니다."

그는 비로소 정색하고 노인을 마주 보았다. 인자함과 위엄이 함께 풍겼다. 말뜻도 알 만했다. 노인은 말을 이었다.

"보아하니 자네는 아마도 그동안 줄곧 인생 수학에서 뺄셈만 일삼고 있었나보군. 그래선 될 일도 안 되지. 이제부턴 부지런히 덧셈하는 훈련을 쌓게나. 그러다 보면 자네 인생은 더하기로 판도가 바뀔 걸세."

노인은 그 말을 남기고 복조리를 판 돈에서 얼마를 떼어 그에게 쥐어줬다. 그리고는 어둠 속 언덕 저편으로 총총히

사라졌다.

　　　　　　　　　　✳

　"인간의 가장 놀라운 특성은 마이너스를 플러스로 바꾸는 힘이다."

　심리학자 알프레드 애들러의 말이다. 세상의 위대한 성공자들은 거의가 핸디캡을 지니고 있었기 때문에 성공했다는 사실은 우리에게 시사하는 바가 크다. 그들은 그 장애를 노력과 성공의 자극제로 삼았던 것이다.

　《실락원》을 쓴 밀턴은 장님임에도 불구하고 훌륭한 시를 썼고, 베토벤은 귀머거리임에도 불구하고 뛰어난 작곡을 했다는 사실에 주목할 필요가 있다. 이런 성공자들의 예는 숱하게 많다.

　그들은 자신의 핸디캡이나 불행을 플러스로 바꿀 줄 알았던 것이다. 뺄셈을 덧셈으로 바꾸는 것이야말로 모든 성공의 열쇠이다.

열쇠를 찾는 젊은이

어떤 도시의 밝고 넓은 광장에서 한 젊은이가 무언가를 열심히 찾고 있었다. 곁에서 이를 지켜보고 있던 한 노인이 물었다.

"젊은이는 지금 무엇을 찾고 있소?"

"열쇠를 찾고 있습니다."

"그럼, 나도 함께 찾아보겠소."

노인은 젊은이와 함께 열쇠를 찾기 시작했다. 그러나 아무리 찾아도 열쇠는 없었다. 한참 후에 노인이 다시 물었다.

"젊은이는 도대체 어디서 열쇠를 잃어버렸소?"

"예, 바로 저희 집 마당에서 잃었죠."

"아니, 그러면 집에서 잃은 열쇠를 어찌하여 여기서 찾고 있소?"

노인이 한심하다는 듯이 그렇게 말하자 젊은이는,

"네, 여기가 저희 집 마당보다는 훨씬 밝으니까요."

하고 대답했다.

행복을 이웃집 담 너머에서 찾는 것은 가장 어리석은 일
이다. 행복의 파랑새는 모든 사람이 그 자신의 추녀 끝에
서 찾아야만 한다. 해가 떠 있어도 눈을 감고 있으면 어두
운 밤과 같다. 청명한 날에도 젖은 옷을 입고 있으면 기분
은 비오는 날같이 침침하다.

사람은 그 마음의 의복을 갈아입지 않으면 언제나 불행
하다.

숨겨진 보물

옛날, 어떤 가난한 사람이 친구의 집에 가서 술에 만취되어 곯아 떨어졌다 그때 마침 친구는 멀고도 오랜 여행을 떠나게 되었다. 생각이 깊은 친구는 여행을 떠나기에 앞서 가난한 벗의 장래를 걱정했다.

그래서 값진 보물을 친구의 웃옷 안깃을 뜯어 그 속에 감추어 넣고 바늘로 기워놓고 떠났다.

이러한 사실을 까맣게 모르는 그 친구는 술이 깨어 제집으로 돌아왔다. 그런데 그는 늘 친구의 도움으로 살던 처지라, 갑자기 그 친구가 온데 간데 없이 사라졌으므로 졸지에 거지 신세가 되었다. 그리하여 그는 이곳저곳을 떠돌아다니며 빌어먹었다.

그러던 중 객지에서 그 친구를 만나게 되었다. 그 친구는 놀라며 물었다.

"아니, 자네가 어쩌다 이 꼴이 됐는가?"

"이럴 수밖에……, 자네 덕으로 겨우 입에 풀칠하고 살아오던 내가 자네에게 버림받은 몸이 됐으니 별 수 있겠나."

이 말에 그 친구는 더욱 놀라며 말했다.

"그게 무슨 당치 않은 말인가? 내가 집을 떠날 때 마침 자네가 술에 곯아떨어져 있기에 깨우기도 뭐하고 해서 자네 웃옷 깃 속에 보물을 넣고 바늘로 꿰매놓았지 않는가? 그걸 팔아 넉넉히 살지 않고 이 모양 이 꼴로 빌어먹으며 떠돈단 말인가?"

가난한 사람은 그때서야 비로소 자기의 웃옷 깃 속에 보물이 숨겨져 있다는 것을 알았다.

자기 집에 많은 재물을 두고도 남의 집 문전으로 구걸하러 다니는 사람이 있다면 어떡할까? 이것은 남의 일만이 아니고 때로는 우리 자신의 일이기도 한 것 같다. 자기에게 있는 것은 돌아보지 않고 자기에게 없는 것만 생각하며 부러워하는 것이 바로 그것이다.

하늘은 모든 사람에게 나름대로의 특색을 발휘하며 이 세상을 행복하게 살아갈 수 있는 힘을 주었다. 그 힘은 우리 각자의 몸 속에 숨어 있는데, 그 힘을 끌어낼 생각은 않고 남이 이미 가꾼 열매만 바라다보고 한탄하는 것은 어리석은 일이다. 자기의 결점이나 불리한 환경만을 생각하고 비관할 필요는 없다.

그것보다는 자기가 지닌 특색이나 장점에 눈을 돌려 그것을 이용하도록 힘써야 한다.

우리가 할 일은 먼저 자신의 발견이다. 나는 무엇을 할 수 있을 것인가? 그 방향을 발견하는 것이 중요하다.

누구나 파면 팔수록 나오는 무수한 보물을 자기 자신 속에 간직하고 있다. 다만 스스로 노력과 인내가 부족하여 파내지 않고 있기 때문에 스스로에 대해 실망을 하고 있는 것이다.

<채근담>

카드놀이의 교훈

아이젠하워 대통령이 어렸을 때 형제들과 카드놀이를 했다. 첫판부터 아이크에게 형편없이 나쁜 패가 들어왔다. 그러자 아이크는 그 패를 던져버리고 다시 하자고 졸라댔다. 이 광경을 보고 있던 어머니가 이렇게 말했다.

"모두들 카드를 테이블 위에 엎어놓아라. 너희들 모두에게 할 말이 있다. 특히 아이크는 잘 들어야 한다. 지금 너희들이 하고 있는 카드놀이는 단지 게임에 불과하다. 그러나 이것은 인생살이와 똑같은 것이다. 너희들이 앞으로 살다보면 이 카드놀이의 나쁜 패와 같은 역경을 많이 당할 것이다. 너희들은 그 패가 좋든 나쁘든 그 패를 달게 받아야 한다. 절대로 불평불만을 품어서는 안 된다. 받은 패를 가지고 놀이를 해야 하는 것과 같이 생활을 해나가야 한다. 만일 그렇게 할 수 있는 용감한 사람이라면 패를 집고 놀이를 계속해라. 분명한 것은 패는 항상 나쁘게만 들어오지 않으며, 또 좋게만도 들어오지 않는다는 것을 명심해라."

이 교훈이 어린 아이크에게 큰 영향을 미쳤다.

자식에게 무엇을 물려줄 것인가? 돈을 모아서 물려준다면 자손들은 그 돈을 지키지 못할 것이다. 또 책을 모아 그 책을 물려주어도 자손들은 그 책을 다 읽지 못할 것이다.

　자식들에게 물려줄 참된 유산은, 그 생애를 올바르고 힘차게 살아나갈 수 있는 힘을 은연 중에 키워주는 것이다. 이러한 유산은 파멸되지 않고 평생을 통하여 자식의 벗이 될 것이다.

<사마염>

말하는 법

유대인 학생들 사이에 《탈무드》를 공부하는 도중에 담배를 피워도 괜찮은지, 피우면 안 되는지가 문제로 등장했다.

한 학생이 랍비에게 물어보았다.

"랍비님, 탈무드를 공부할 때 담배를 피워도 괜찮은가요?"

"안돼!"

라고 랍비는 격렬한 어조로 말했다.

"너는 묻는 방법이 잘못 되었어. 이번에는 내가 가서 물어 보지."

다른 학생이 랍비에게 달려갔다.

"랍비님, 담배를 피우는 동안에도 탈무드는 읽어야겠지요?"

"물론, 읽어야 하고 말고."

랍비는 믿음직스럽다는 듯이 대답했다.

같은 말이라도 하기에 따라 다르다. 우리가 흔히 하는 말로 '아' 다르고 '어' 다른 것이다. 사람은 그 언어에 의해서 자기 평가를 가능케하므로 지혜로운 입술은 보석보다 더한 보배다. 선량한 말을 하는 사람은 행운을 맞이하고 악한 말을 서슴지 않는 사람은 불행을 자초한다.

거짓을 토하는 자는 신용을 잃게 되어 스스로 멸망의 구렁텅이로 빠진다. 항상 진실을 말하는 자는 모든 사람에게 신뢰를 받는다. 진실을 논할 때 누군가가 중상을 꾀하면 즉시 이를 정지하고, 물론 그와 함께 말하지 말며 묵묵히 그 사람을 위해서 입을 굳게 지켜야 한다.

입이 가벼운 자에게는 반드시 재앙이 뒤따른다.

세 자매

옛날에 딸 셋을 둔 아버지가 있었다. 딸들은 한결같이 모두가 미인이었다. 그런데 그녀들은 각기 결점이 하나씩 있었다. 하나는 게으름뱅이고, 또 하나는 남의 것을 훔치는 도벽이 있고, 나머지 하나는 남 험담하기를 좋아했다.

어느 날 아들만 세 형제를 둔 어느 부호(富豪)가 나타나 앞의 세 딸을 자기 며느리로 삼겠다고 간청해 왔다. 딸을 둔 아버지가 자기 딸들에게는 이러이러한 결점이 있다고 말하자, 아들을 둔 부자는 그것은 자기가 책임을 지고 고쳐나가겠다고 말했다.

그리하여 세 자매와 세 형제는 결혼을 했다.

시아버지가 된 부호는 게으름뱅이 며느리에게 많은 하녀들을 거느리게 해주고, 도벽이 심한 며느리에게는 창고의 열쇠를 내어주며 갖고 싶은 것을 무엇이든지 마음대로 가지라고 했다.

그리고 남 험담하기를 좋아하는 셋째 며느리에게는 매일 아침마다, 오늘은 누구를 헐뜯겠느냐고 묻곤 했다.

그러던 어느 날, 친정 아버지가 딸들의 결혼생활이 어떤

지 알고 싶어 찾아갔다. 큰딸은 마음대로 게으름을 실컷 피울 수 있어 즐겁다고 했고, 둘째 딸은 갖고 싶은 것을 마음대로 실컷 가질 수 있어 행복하다고 말했다. 그러나 셋째 딸은 시아버지가 자기에게 남녀 관계를 캐묻기 때문에 괴롭다고 호소했다.

그러나 아버지는 셋째 딸의 말은 믿지 않았다. 왜 믿지 않았을까? 그녀는 시아버지까지 헐뜯고 있었기 때문이다.

여자가 많이 모이면 대개의 경우는 남의 소문부터 들먹이게 마련이다. 친구들의 험담을 늘어놓거나 의상의 비평으로부터 육체의 스타일에 대한 비평까지도 서슴지 않는다.

그것은 동정적이며 사랑이 깃든 비평이 아니라, 제멋대로 타인을 헐뜯으며 즐기는 것이다. 남을 헐뜯으면 마치 자신이 한층 높아진 것 같이 생각되지만 이때야말로 자기 자신의 품성이 극도로 떨어져 있다는 것을 알아야 한다.

대접하는 마음

어느 날 공자는 제자인 자공과 자로를 데리고 길을 떠났다.

얼마쯤 가다가 사방을 둘러본 공자는, 길을 잘못 들어 엉뚱한 곳으로 온 것을 깨닫고는 두 제자에게,

"자공과 자로야, 우리가 길을 잘못 들었다. 그러니 저기 보이는 초가에 가서 하룻밤 쉬어 가기를 청하자."

라고 한 후 두 제자를 데리고 불빛이 보이는 초가로 찾아가서 문을 두드렸다. 그러자 백발의 노파가 나왔다. 공자가 하룻밤 쉬어가기를 청하자, 노파는 쾌히 승낙했다.

"고맙습니다, 할머니. 그럼, 신세 좀 지겠습니다."

공자는 노파에게 깍듯하게 인사를 하며 허리를 굽혔다.

노파는 공자와 제자를 방으로 안내한 후, 작은 흙냄비에 다가 좁쌀죽을 끓여 가지고 들어와 먹기를 권하고는, 조용히 방문을 닫고 나갔다.

공자는 노인이 가지고 온 좁쌀죽을 맛있게 먹기 시작했는데, 두 제자는 얼굴을 찡그린 채 좁쌀죽을 쳐다만 보고 먹을 생각을 안 했다.

이윽고 공자가 좁쌀죽을 다 먹고 나자, 자공이 말했다.

"스승님께서 방금 잡수신 그 좁쌀죽은 말이 죽이지, 어디 그게 죽입니까? 그 노파의 더러운 손과 죽을 담아 가지고 온 그 땟국물 흐르는 대접……. 저는 아무래도 넘어가지 않을 것 같아서 수저조차 들지 않았습니다."

그러자 자로도 눈살을 찌푸리며 말했다.

"스승님, 저 역시 그렇습니다. 콧물을 흘리고 있는 노파의 꼴을 보고 또 그 죽 대접 꼴을 보니, 한 술도 먹을 수가 없었습니다. 몇 해 동안 씻은 일이 없는 것 같은 그릇이랑 눈곱 낀 노파의 눈……. 그런데 스승님은 용케도 잘 잡수시는군요."

자로는 이렇게 마음내키는 대로 투덜거리고는 공자의 눈치를 살폈다.

공자는 한동안 아무 말도 하지 않고 앉아 있다가 한참만에야 조용히 입을 열었다.

"나그네에게 죽을 쑤어서 대접하는 것은 진심에서 우러나온 친절이다. 그런 친절을 고맙게 받아들이지는 못할망정 트집을 잡고 타박을 하다니, 그건 사람의 도리가 아니다."

자공과 자로의 고개가 차츰 아래로 숙여졌다.

"나는 지금까지 그렇게 맛있는 음식을 먹어 본 적이 없다. 땟국 흐르는 그릇이나 노파의 지저분한 모습보다 먼저 그 친절하고 따뜻한 마음씨를 생각했기 때문일 것이다."

자공과 자로는 공자의 말에 깊이 반성하고, 음식의 맛보다는 그 음식을 대접하는 친절한 마음씨가 더욱 중요한 것임을 깊이 깨달았다.

착한 마음이 없으면 남의 착한 일을 보아도 장님과 같다. 사람이 착하지 못하면 언제나 남의 악을 그 음식물로 삼게 된다. 즉, 그런 사람은 남의 숨은 악을 찾아내기에 바쁘다.

<베이컨>

뛰지 말라

어떤 농부가 소를 기르고 있었다.

그는 송아지가 크게 성장하여 황소가 되자,

"내일은 이 녀석에게 쟁기를 끌도록 해야지."

라고 중얼거렸다.

이 말을 듣고 황소는 긍지와 자부심에 차서 우리로 돌아와 다른 소들에게 그 사실을 자랑했다.

이에 젊은 소들은 부러워 어쩔 줄 몰라했지만, 나이 든 소들은 고개를 끄덕인 후 조용히 자기 자리로 돌아갔다.

다음날 황소는 쟁기질을 했다. 젊고 힘이 있었으므로 하루 종일 달렸다.

저녁이 되자 그는 우리로 돌아갈 힘조차 없었다. 그가 우리에 도착하자 젊은 소들이 전사를 맞이하듯 그를 환영하였다.

나이 든 소가 물었다.

"무엇을 하였느냐?"

그러자 황소는,

"온 밭을 다 갈았어요."

하며 쓰러져 버렸다.

　나이 든 소는 웃으면서 말했다.

　"내일부터는 뛰지 말아라."

　불에 기름을 한꺼번에 너무 많이 붓는다면 불은 꺼져 버리지만 조금씩 부으면 불은 점차로 강해진다.

　무슨 일이든 너무 많이도, 너무 적게도 하지 말고 자기 자신에게 적당한 만큼만 하라.

나그네

어느 여행자가 유명한 수도자를 방문했다. 그런데 놀랍게도 수도자는 단칸방에서 살고 있었으며, 방안의 가구라고는 책상과 의자가 전부였다.

여행자는 수도자에게 인사를 하고 나서 조금 망설이다가 물었다.

"당신의 가구는 어디 있습니까?"

그러자 수도자가 되물었다.

"손님, 당신의 가구 역시 여기에 없지 않소?"

여행자는 어이없다는 듯, 그러나 예의 바르게 대답했다.

"아, 저는 이곳에 다니러 온 나그네이니까요."

그러자 수도자가 빙그레 웃으며 말했다.

"나도 이 세상에 다니러 온 나그네이지요."

바다로 향하여 흐르는 물을 보라! 물은 그 앞에 놓인 골짜기와 바위와 들판을 이리저리 비켜 가며 지형에 따라 몸을 맡기고 있다. 그러면서도 스스로 갈 길을 찾아가고 있다. 때로는 장애물 때문에 잠시 바다와는 반대 방향으로 흘러갈 때도 있으나, 장애물을 넘기 위해서는 잠시 그와 같이 처신할 수밖에 없었던 것이다. 부드러우면 자유롭고, 동시에 모든 것을 견디며 나아갈 수 있는 것이다. 한없이 부드럽지 않고는 한없이 강하지 못하는 이치가 여기에 있다.

<동양 명언>

심술쟁이 여우

옛날 하나라국이라는 나라의 성 밖에 나이 많은 스님이
한 분 살고 있었다.

그는 생전에 사람들을 위하여 도움이 될 만한 일을 한
가지 하려고 마음먹고 들판 한가운데에 우물을 하나 파 놓
았다.

그곳은 물이 귀한 곳이라 사람들은 맑고 맛좋은 우물물
을 마시자 모두들 기뻐하게 되었다. 또한 우물을 파 놓은
사람의 덕을 칭송하였다.

달빛이 환히 비치는 어느 날 밤, 무리를 지은 여우들이
그 우물가로 몰려와 물을 마셨다.

그런데 그 중의 심술궂은 여우 한 마리가 두레박 속에
머리를 처박고 물을 마신 후 두레박 속에 머리를 넣은 채
로 땅에 부딪쳐 두레박을 깨버렸다.

이것을 본 다른 여우들이 그러지 말라고 충고를 하자 심
술궂은 여우는,

"난 이런 장난이 아주 재미있어. 다른 사람이야 어떻게
되든 무슨 상관이야."

하고는 깨진 두레박을 발로 걷어찼다.

다음날 우물가로 나왔던 노스님은 두레박이 깨진 것을 보고, 두레박을 다시 만들어 우물가에 놓았다.

그러나 밤중에 우물가에 왔던 전날의 여우가 그 두레박을 또 깨버렸다.

이렇게 얼마를 지내는 동안 우물가의 두레박이 열네 개나 깨져버렸다. 다른 여우 친구들이 뭐라 하든 그 여우는 듣지 않고 계속 깨뜨렸기 때문이었다.

너무나 많은 두레박이 깨어지자 노승은,

"이것은 누군가 우물에 원한이 맺혀 있는 자가 있음이 분명하다. 꼭 잡아내야지."

하고 마음먹었다. 그래서 두레박을 새로 마련해서 갖다 놓은 날, 스님은 우물가 나무 뒤에 숨어서 지켜보았다.

하루 종일 많은 사람들이 물을 마셨지만 두레박을 깨는 사람은 없었다. 그런데 저녁이 되자 어디선지 여우떼가 몰려와 물을 마셨다. 물을 마시는 여우떼 중에 심술스럽게 생긴 한 녀석이 있었다.

아니나 다를까, 그 심술스럽게 생긴 여우는 물을 다 마시자, 두레박을 땅에 부딪쳐 깨버리는 것이었다.

"바로 저놈이었구나!"

노승은 집에 돌아오자 머리를 집어넣으면 빠지지 않는 덫을 두레박 안에 장치하여 그것을 우물에 가져다 놓았다.

그런 다음 커다란 몽둥이를 들고 전날의 그 나무 뒤에 숨어 있었다.

이윽고 어둠이 깔리고 달빛이 환하게 비치자 여우들이 몰려왔다.

심술궂은 여우는 언제나처럼 물을 먹고 난 다음, 두레박에다 머리를 처박고 있는 힘을 다해 땅에다 부딪쳤다.

그러나 두레박은 쉽게 깨지지 않았다. 뿐만 아니라 땅에 부딪칠수록 제 머리만 몹시 아팠다. 그래서 앞발을 들어 두레박을 빼보려고 했으나, 좀처럼 빠지지 않았다.

이때를 놓칠세라 노승은 가지고 있던 몽둥이로 여우를 때려잡았다. 그러자 하늘에서 노랫소리가 들려왔다.

"교만하고 심술궂어 친구의 충고를 듣지 않고 두레박을 뒤집어쓰고 죽어 간 여우야, 죽어서라도 친구의 충고를 귀하게 여겨라."

그 후 우물가에는 평화가 다시 찾아왔고, 사람들은 언제까지나 맛있고 맑은 우물물을 먹을 수 있었다.

교만은 어리석은 자가 지닌 가장 슬픈 천성이다. 교만한 자의 귀는 충고를 듣지 못하기 때문에 필연적으로 불행을 당한다.

자신감

옛날 프랑스 파리에 유명한 갑옷 만드는 가게가 있었다. 어느 날 나폴레옹 황제가 직접 찾아와 갑옷 한 벌을 주문했다.

황제에게 직접 주문을 받은 갑옷 만드는 사람은 그 일을 자신의 일생 일대 영광으로 생각했다. 그래서 스스로가 연구 개발한 아주 가벼운 재료로 정성껏 만들었다.

얼마 후 옷을 찾으러 온 나폴레옹 황제는 갑옷이 너무 가벼운 것에 깜짝 놀라,

"이것이 무슨 갑옷이란 말이냐? 당장에 강철로 다시 만들어!"

하고 고함을 쳤다. 그러나 갑옷을 만든 사람은 조금도 당황하지 않고 자신에 찬 소리로 이렇게 말했다.

"황제 폐하, 안심하십시오. 이 갑옷은 절대로 총알이 꿰뚫지 못합니다. 만일 의심이 나신다면 이 자리에서 직접 실험해 보이겠습니다."

그렇게 말한 그는 곧 갑옷을 자신이 입고 다시 말했다.

"황제 폐하, 지금 당장 총으로 저의 가슴을 쏘십시오. 그

러면 이 갑옷의 성능을 금세 아실 것입니다."

너무나 당당하고 자신 있는 태도에 나폴레옹은 매우 감동했다. 그래서 그를 믿고 칭찬하면서 갑옷을 찾아갔다.

"자신감은 성공의 첫째 비결이다."

랄프 W. 에머슨의 말이다. 성공한 사람을 보면 모두가 늘 자신감에 불 붙었던 것을 볼 수 있다. 하다 못해 고스톱을 치더라도 신명이 나고 즐거운 기분으로 하는 사람이 이기지, 피곤하고 억지로 하는 사람이 이기지는 못한다.

성공적인 삶을 위해서는 적극적인 행동이 절대 필요하다. 행동이란 목적한 바를 해낼 수 있다는 자신감이다. 즉, 할 수 있다는 생각만이 행동을 유발해낼 수 있는 것이다.

인간이 어떤 일을 썩 훌륭히 해내는 것은 그 일에 자신을 갖고 있기 때문이다. 모름지기 성공과 자신감은 불가분의 관계인 것이다.

절 약

무더운 여름날, 어떤 젊은이가 도를 닦기 위하여 깊은 산속에 은거하고 있는 도사를 찾아갔다. 험한 산길을 걷다 보니 온몸은 땀으로 흠씬 젖었다. 젊은이는 도사를 뵙기 전에 땀으로 젖은 얼굴을 씻으려고 마당을 살폈다.

마침 마당 한구석에 산골짜기를 흐르는 물을 긴 대롱으로 받아 담기게 하는 통이 있었다. 젊은이는 곁에 있는 세수대야에 물을 가득 퍼담아 얼굴을 씻었다. 그런 다음 그 물을 마당에 확 뿌렸다.

그때, 도사가 방문을 열고 나오면서 물었다.

"그대는 왜 이곳에 왔는가?"

그 말에 젊은이는 공손히 인사하며 대답했다.

"예, 도사님의 제자가 되어 도를 닦으려고 왔습니다."

"그렇다면 이 길로 당장 산을 내려가게."

"아니, 그 말이 어인 말씀이십니까?"

젊은이가 어리둥절하여 반문하자, 도사는 큰소리로 꾸짖었다.

"그대는 한 대야의 물도 제대로 쓸 줄 모르는데, 어찌 그 어려운 도를 닦겠단 말인가!"

그러한 도사의 꾸중에 젊은이는,

"도사님, 저의 잘못이 무엇입니까?"

하고 다시 반문했다. 그러자 도사가 대답했다.

"그대는 세수한 물을 그대로 버리지 않고 또 다시 쓸 줄 아는 아낌이 없다. 발을 씻고, 걸레를 빨고, 화초밭에 뿌리면 한 대야의 물이 얼마나 많은 공덕을 쌓겠는가?"

이 말에 젊은이는 크게 깨달았다. 그 후 아무리 작은 것이지만 절약하게 되었고, 그런 마음으로 도를 닦아 훌륭한 도사가 되었다.

절약은 돈이나 물건을 덮어놓고 안 쓰는 것만을 뜻하는 것은 아니다. 물건을 아끼거나 규모 있게 생활하는 것 자체가 절약이다. 슬기롭게 아끼면서 쓸 곳에 쓰는 삶의 슬기가 절약의 기본이라 할 수 있다.

작금 우리 사회에는 사치와 낭비의 소비성향이 점점 높아만 가고 있다. 소비를 잘삶과 못삶의 척도로 생각하고 사치스러운 생활을 자랑으로 여기는 망국적인 풍조, 이는 값비싼 물건을 소유하고 호화스러운 생활을 하는 사람이 잘 나고 잘 사는 사람이라는 그릇된 가치관에서 연유된다.

사람은 내면에 자신이 없을 때 외양의 꾸밈에만 관심을 갖는다. 자신의 텅텅 빈 머리를, 형편없는 인격을 물질로나마 가려보겠다는 눈물겨운(?) 몸부림인 것이다.

사람이 오죽 자랑할 것이 없으면 분수 모르는 소비풍조를 자랑하랴. 또 오죽 못났으면 남의 사치를 부러워하랴.

제2장
이직도 우리에게 소중한 것들

꽃은 암흑의 순간에서 자라난다

실패를 두려워하지 마세요

당신은 아마도
잘 기억하시지 못할지 모르지만
이제까지
여러 번 실패했습니다.
처음 걸음마를 시작했을 때
분명히 당신은
넘어졌습니다.
처음 헤엄을 배울 때
당신은 물에 빠져 죽을 뻔 했잖아요?
처음 야구방망이를 휘둘렀을 때
공은 방망이에 맞았었나요?
강타자들
홈런을 제일 잘 치는 타자는
자주 스트라이크 아웃도 당했지요
R·H메치는
7번이나 실패한 뒤에야
겨우 뉴욕의 가게를 성공시켰습니다.

영국의 소설가
존 크레씨는
564권의 책을 출판하기 전에
753통의 거절장을 받아야 했습니다.
베이브 루스는 1,330번의 스트라이크 아웃을 당했지만
714개의 홈런을 날렸습니다.
실패를 걱정하지 마세요
시도조차 하지 않아 없어지는
그 기회에 대해서나
걱정하세요.

위의 글은 1981년 10월에 월스트리트 저널에 게재된 미국 유나이티드 테크놀로지사(社)의 광고 문안이다. 이 광고가 나간 후 123,641장의 리프린트가 발송되었다고 한다.

사실 실패자들은 도전을 해보지 않고 미리 기권을 한다. 해보지도 않고 틀렸다고 미리부터 생각한다. 해보나마나 뻔하다고 변명을 한다. 도전을 했을 때 승부는 50대 50이지만, 포기했을 때는 100% 패배인 것을 모르고 있기 때문이다.

슬픔이 남긴 향기

"불이야, 불!"

다급한 고함소리가 평화롭던 공중을 찢어댔다.

"사람살려! 누구 없어요?"

집으로 돌아오던 롱펠로우는 공중을 울리는 날카로운 소리에 마을을 보았다. 마을의 한 집이 시뻘건 화염에 휩싸여 있었다.

"어이쿠야, 우리 집이 아닌가!"

그는 소스라쳐 비호처럼 달려갔다. 숨을 헐떡거리며 집 앞에 도착했다. 마을 사람들이 정신없이 물을 길어다가 끼얹고 있었지만, 맹렬하게 타오르는 불길 앞에 속수무책이었다.

"아악!"

단말마의 비명이 불길 속에서 터져나왔다.

"여보!"

롱펠로우는 거의 미칠 지경이 되어 불길이 타는 집으로 뛰어갔다. 그러나 마을 사람들이 억센 힘으로 그를 저지했다.

"이것 봐요! 내 아내가 집안에 있단 말입니다! 내 아내가 죽어가고 있단 말입니다!"

그는 크게 울부짖으며 자기를 잡는 손을 뿌리치려고 했다. 하지만 마을 사람들은 그의 자살 행위를 한사코 막았다. 마을 사람들의 손에 붙잡힌 그는 무섭게 몸부림치며 아내의 이름을 피맺히게 불렀다.

여느 날처럼 그의 아내는 밀초의 밀을 녹이고 있었다. 그런데 잔잔하던 공기가 세차지더니 바람이 불현듯 확 불어제쳤다. 그 바람에 너풀거리던 아내의 긴 옷자락에 불이 붙었고, 그 불은 금세 집안의 가재도구를 삼키며 크게 번진 것이었다.

롱펠로우는 피눈물을 흘리며 아우성치다가 그만 실신해 버렸다. 깨어났을 때 그는 망연자실하여 눈물도 나오지 않았다. 너무나 뜻밖에 몰아닥친 불행이었다. 평화롭고 단란했던 가정의 행복을 화마란 놈이 눈 깜짝할 사이에 산산이 조각내어 버렸다. 바로 눈앞에서 처참하게 죽어가는 아내를, 그것도 살려달라고 그토록 비명을 지르는 아내의 절규를 듣고도 구하지 못한 자신의 무능이 저주스러울 수밖에 없었다.

그 슬픔은 대단한 것이었다. 세상이 온통 무너져버린 듯한 상태에서 식음을 전폐하고, 실성한 사람처럼 술로 세월을 보냈다.

아이들은 절망 속에 허우적거리는 아버지의 모습을 보며 눈물을 흘렸다. 이제 그들에게 남은 건 아버지뿐인데, 그 아버지는 날이 갈수록 폐인이 되어 가고 있었다.

"헨리, 자네가 이렇게 있으면 자네만 바라보는 저 아이들은 어쩌란 말인가! 죽은 사람은 죽은 사람이네. 부디 잊어버리고 훌훌 털고 일어나게."

"힘내세요, 헨리씨. 당신도 어쩔 수 없는 상황이었잖아요. 하느님의 뜻이에요. 하느님께서 당신의 아내를 먼저 부르신 것인데, 어쩌겠어요?"

마을 사람들은 걱정어린 눈빛으로 그를 위로했다. 따뜻한 위로와 격려가 방황하는 그에게 아이들을 생각해내게 해주었다.

'나는 아내를 잃었지만 저 아이들은 어머니를 잃은 것이다. 그런데 아버지마저 잃는다면 어떻게 될 것인가? 그래 일어나자. 일어나서 다시 살자.'

자신의 슬픔을 접어둔 채 그는 아이들의 슬픔을 위로하기에 여념이 없었다. 한꺼번에 그는 두 가지의 일을 해야 했다. 아이들에게 아버지와 어머니의 역할을 충실히 하려고 애썼다. 아이들을 유원지에 데려갔고, 함께 산책을 했으며, 옛날 이야기도 들려주었다. 아이들과 더불어 게임도 놀이도 항상 같이 즐겼다.

이런 생활을 하면서 그는 직업에 몰두했다. 아내를 잃은 쓰라린 체험을 시어(詩語)로 승화시켜 알기쉽고 교훈적인 시를 많이 썼다.

우리의 심장, 굳세고 어엿하다지만
소리죽인 북마냥 언제고 둥둥거리는
무덤에의 장송행진곡이란다.
세상이라는 넓은 싸움터에서
인생의 야영지(野營地)에서

말 못하고 쫓기는 마소가 되지 말고,
싸움하는 영웅이 되라!
미래는 믿지 말라, 아무리 즐거울 성 싶어도
가버린 과거는 가버린 대로 묻어버리려무나,
활동하라! 이 숨쉬는 현재에서
마음 속엔 심장이, 머리위엔 신이 있도다.
위대한 사람들의 생애는 한결같이 우리들에게 생각케 하
도다.
우리도 우리의 생애를 숭고하게 할 수 있고
이 세상 떠날 땐 우리들 뒤에
시간이라는 모래밭 위에 발자국 남길 수 있다는 것을.
인생의 엄숙한 대해를 항해하다가
난파당한 절망의 형제가
어쩌면 그것을 보고
다시금 용기를 얻을 그러한 발자국들
그럼 우리 박차고 일어나서 일하자꾸나.
그 어떤 운명과도 맞부딪칠 심장지니고
자꾸 이룩하고 자꾸 추구하면서
노력하며 기다리길 배우자꾸나.

롱펠로우의 인생과 시에는, 인간은 견디기 힘든 삶의 고
통과 상처를 어떻게 이겨내는가에 대한 지극히 인간적인
정서가 잘 그려져 있다.
인간은 까무러칠 정도로 슬프던 비극도 이겨낼 수 있는
힘이 그 내부에 잠재되어 있다. 어떠한 비극이라도 그것을
현실로 받아들이고, 그리하여 과거로 묻고, 묵묵히 자기 일

에 충실하다보면 세월이 상처를 그리움으로 아물게 해주는
것이다.

　어떠한 일의 슬픔이 크다기보다는 그 슬픔을 두려워하는
마음이 더 커서 슬픔이 확대되고 있다. 사실 그 슬픔을 따
져보면 능히 견딜 만한 것인데, 그 사태에 대한 공연한 공
포심으로 해서 슬픔이 확대경적으로 확대되고 있다. 하늘
은 견딜 수 없는 슬픔을 인간에게 주지는 않는 것이다.
<초케>

치부(致富)의 비결과 조건

어느 가난한 농부의 삼대 독자 외아들이 병에 걸려 시름 시름 앓다가 죽었다. 돈이 없어 변변한 약 한첩 써보지 못하고 속절없이 아들을 잃은 농부는 통한의 눈물을 흘렸다. 싸늘하게 식은 아들의 시체를 산에 묻은 농부는 그 길로 자수성가하여 큰 재물을 모은 부자를 찾아가 무릎을 꿇었다.

"어떻게 하면 당신처럼 부자가 될 수 있습니까? 부디 그 비결을 좀 일러 주십시오."

부자는 농부의 비장한 얼굴을 보고 잠시 생각에 잠겨 있다가 그를 우물가로 데리고 갔다. 우물가에는 커다란 항아리가 하나 있었다.

"저 항아리에 물을 가득 채우시오."

농부는 부자가 시키는 대로 열심히 물을 길어 항아리에 부었다. 땀을 뻘뻘 흘리며 몇 시간을 계속했지만, 어찌된 일인지 물이 괴질 않았다. 이상해서 항아리 속을 들여다보니 밑이 빠져 있었다.

"허, 이렇게 어처구니없는 일이 있나! 밑 빠진 항아리에 어떻게 물을 채울 수 있단 말인가? 그 부자가 나를 놀렸어. 이런 괘씸한…….”

농부는 부자에게 달려가 마구 화를 냈다. 그러나 부자는 묵묵히 듣고 있다가 내일 다시 오라고 했다.

이튿날 농부는 부자를 찾아갔다. 부자는 다시 농부를 우물가로 데리고 가서 어제와 같이 항아리에 물을 채우라고 했다. 농부는 항아리의 밑을 확인해 보았다. 어제처럼 밑이 빠진 항아리는 아니었다. 그러나 막상 물을 푸려고 하니, 이번에는 두레박의 밑이 빠져 있었다.

“쳇, 이런 두레박으로 어떻게 물을 퍼서 저 큰 항아리를 채운단 말이오?”

농부가 투덜거리자 부자는 퉁명스럽게 말했다.

“쉬운 방법으로 부자가 될 수 있다면, 세상에 가난한 사람이 어디에 있겠는가? 자네가 저 항아리에 물을 채울 수 없다면 내가 가르쳐 줄 방법은 없네.”

가난에 한이 맺힌 농부였다. 물에 빠진 사람 지푸라기라도 잡는다는 심정으로 물을 긷기 시작했다. 밑 빠진 두레박으로 물이 퍼질 리가 없었다.

그러나 ‘티끌 모아 태산’이라는 말은 괜히 생겨난 소리가 아니었다. 두레박에서 한 방울 두 방울 떨어지는 물을 항아리에 받다보니, 사흘째 되던 날 마침내 가득 채울 수 있었다.

그것을 본 부자는 빙그레 웃으며 이렇게 말했다.

“이제 알겠나? 자네가 밑 빠진 두레박으로 항아리에 물을 가득 채운 노력과 끈기, 바로 그것이 내가 재산을 모은 비결이라네.”

사람이라면 누구나 풍족하고 보람이 있는 인생을 살기 원한다. 그렇기 때문에 성공의 비결이나 부자가 되는 비결이 있다면 누구나 알고 싶어할 것이다.

그렇다면 과연 성공의 특별한 비결이 있는 것일까? 있다면 그것은 무엇일까?

미국의 세계적인 부호 앤드루 카네기(1835~1919)는 스코틀랜드에서 가난한 직조공의 아들로 태어났다. 가난 때문에 학교에 다닐 처지가 못되었던 그는 열세 살 때 맨손으로 미국에 건너온 후 자기의 능력과 근면으로 '강철왕'의 자리에 올랐다. 그가 세계적인 부호가 되자 영국 기자가 취재를 와서 다음과 같은 질문을 했다.

"맨주먹으로 오늘과 같은 놀라운 성공을 거두신 것에 대해 경의를 표합니다. 사람들은 모두 선생님의 성공 비결을 알고 싶어합니다. 그 비결을 말씀해 주실 수 없겠습니까?"

이 질문에 대한 카네기의 대답은 간단했다.

"부단히 노력하는 것이 비결입니다."

"그것은 누구나가 알고 있는 사실이 아닙니까?"

영국 기자가 실망한 표정으로 반문하자 카네기가 말했다.

"그렇습니다. 어린아이들도 알고 있는 사실이지만, 일흔 살 먹은 노인들도 실천하기 어려운 일이지요."

영국 기자는 고개를 주억거리며 다음 질문을 던졌다.

"열심히 노력하는 사람들이라고 해서 모두가 부자가 되는 것은 아니잖습니까? 거부(巨富)가 되는 것에도 어떤 자격 같은 것이 필요합니까?"

카네기는 나직하면서도 힘 있는 어조로 천천히 말했다.

"자격이라……? 물론 있지요. 그 첫째 자격이란 말할 수 없이 가난한 집에서 태어나는 것입니다. 부잣집에서 태어나 호사스럽게 자란 이는 도저히 부호가 될 자격이 없습니다. 그러나 가난에 몹시 쪼들려 죽느냐 사느냐의 기로에서서 피눈물나는 생활을 체험한 사람은 부호가 될 자격이 있습니다. 생각해 보십시오. 가난으로 인하여 가정의 평화는 여지없이 깨어지고, 주린 배를 채우기 위해 가족들은 뿔뿔이 흩어지고, 돈 때문에 온갖 수모를 다 당하고……. 이 정도로 가난의 쓰라림을 맞본 사람은 가난을 원수처럼 여기게 됩니다. 나는 어릴 때 그런 가난을 몸소 체험했습니다. 내 부모님들은 가족의 생계를 위해 몹시 고생하셨습니다. 그것을 보고 자란 나는 뼈가 가루가 되는 한이 있더라도 힘껏 일해, 우리집에서 그 원수 같은 가난을 영원히 쫓아내버리고야 말겠다는 굳은 결심을 했습니다. 그리고 그 결심을 관철하지 않으면 죽을 수밖에 없다는 심정으로 전력을 다하여 오늘의 내가 있게 된 것입니다."

카네기의 이 말은 시사하는 바가 크다. 세상에 성공의 비결을 모르는 사람은 거의 없다. 그러나 성공하는 사람보다 실패하는 사람이 많은 이유는, 그 비결을 알면서도 실천하지 않기 때문이다.

철강왕이라 일컫는 카네기는 숱한 일화와 업적을 남겼다. 기업을 하는데 있어서는 가혹한 노조 탄압과 무자비한 파업 분쇄를 서슴지 않은 냉혹한 자본가였다. 그러나 한편으로는 2천여 개의 공공도서관을 세우고, 그밖의 문화사업을 위해 거금을 쓰는데 조금도 인색하지 않았다. 이렇게 상반된 이유로 인하여 후세 사람들은 그를 '냉혹한 자본가'

와 '불세출의 자선사업가'로 엇갈린 평가를 내리고 있다.

어쨌든 '부단히 노력하는 것'이 부자가 되는 비결이라는 그의 말은 만고불변의 진리라고 말할 수 있다.

다음 이야기도 부지런히 일하고 저축하여 치부(致富)한 사람의 실례이다.

광복 후, 전라북도 김제(金堤) 땅에 부모로부터 엄청난 유산을 물려받은 장춘근(張春根)이라는 사람이 있었다. 그의 땅을 밟지 않고는 십리 길을 갈 수 없다는 말이 생길 정도로 인근에서 손꼽히는 부자였다.

부잣집 자식들이 대개 그렇듯이 그도 고생이라는 것을 전혀 모르고 성장했다. 일본에 유학하여 대학까지 마친 인텔리였지만, 힘들고 복잡한 일을 싫어하여 무위 도식하며 세월을 보냈다. 사치하고 방탕한 성품인 그는 아버지가 돌아가시자 제 세상을 만났다는 듯이 활개를 치고 다녔다.

장춘근은 많은 농토를 다른 농부에게 소작을 주고 날이면 날마다 유흥에 빠져 지냈다. 워낙 부자였기 때문에 재물은 넘치도록 많았다. 주색잡기로 돈을 물 쓰듯이 펑펑 써도 조금도 줄어드는 것을 느끼지 못할 정도였다.

그러는 가운데 십여 년의 세월이 흘렀다. 본처와 두 명의 소실 사이에서 열일곱이나 되는 자식이 생겼다. 대가족이 호의호식을 하며 살다보니 그 많던 농토도 시나브로 줄어들게 되었다.

그러나 장춘근은 자신의 농토가 줄어드는 것을 대수롭지 않게 생각했다. 언제까지나 쓰고 또 써도 줄어들 것 같지 않았기 때문에 단 한번도 걱정하지 않았다.

유수같은 세월이 또 쏜살같이 흘렀다. 부모님을 여읜지도 벌써 이십여 년이 흘러, 어언간에 그도 불혹(不惑)의 나이가 되었다.

세월은 소리없이 흐르는 것 같아도 무수한 변화를 남기는 것이 아닌가! 아이들을 성장하게 하고, 젊은이를 늙게 하고, 노인을 왔던 곳으로 돌아가게 하면서 도도히 흐른다. 그런 세월의 흐름 속에서 장춘근의 재산도 차츰 바닥을 드러내게 되었다.

어느 날 유흥비가 떨어진 그는 또 농토를 팔리라고 생각하고 땅문서를 꺼냈다가 소스라쳤다.

"어이쿠야, 고작 이것밖에 안 남았단 말인가!"

땅문서를 확인한 장춘근은 가슴이 철렁 내려앉았다. 그 많던 땅문서가 이제는 이천 평 남짓밖에 남아 있지 않았다.

"휴우……!"

그제서야 그는 하늘이 무너져 내리는 듯한 절망감에 몸을 떨었다. 그것마저 팔아 치운다면 많은 식구들과 먹고살 일이 걱정이었다.

"이제는 어떻게 살아가지?"

아무리 머리를 짜내며 궁리를 해봐도 그가 할 수 있는 일이라곤 없었다. 또 돈을 펑펑 쓰던 버릇이 하루 아침에 고쳐질 리도 만무했다. 절약을 한다고는 했지만, 몇 달 지나지 않아 끝내는 남아 있던 마지막 땅을 팔지 않을 수 없었다. 그래서 수족처럼 부리던 소작인 김정범(金廷範)을 불러 땅문서를 내놓았다.

"여보게 김서방, 이 땅을 팔아주게."

김정범은 몹시 안타깝다는 표정으로 장춘근을 한참 동안 바라보다가 무겁게 입을 열었다.

"마지막 남은 땅이 아닙니까? 그런데 그 땅마저 팔아버리신다면 많은 가족들과 앞으로 어떻게 살아가려고 그러십니까?"

장춘근은 구들장이 꺼져라고 긴 한숨을 내쉬며 말했다.

"휴우……! 설마 산 입에 거미줄이야 치겠는가?"

김정범은 미간을 찌푸리며 냉정하게 말했다.

"산 입에 거미줄 치지 말라는 법도 없습니다. 돈이 떨어지고 농사 지을 땅마지기도 없으면 꼼짝없이 굶는 수밖에요. 고생이라곤 모르고 살아온 서방님께서 날품을 팔겠습니까? 그러니 이제라도 남은 농토를 생명줄이라 여기시고 손수 농사를 지으십시오."

"하지만 당장 돈이 필요한데 어쩌겠는가? 내 일은 내가 알아서 할 테니 이 땅이나 어서 처분해 주게."

김정범은 눈을 지그시 감고 뭔가 깊이 생각하다가 살며시 눈을 뜨며 말문을 열었다.

"그렇다면 한 가지만 묻겠습니다. 서방님의 땅을 누가 샀는지 알고 있습니까?"

"그것이야 자네가 알지 내가 어떻게 알겠는가!"

장춘근은 처음부터 땅을 팔 때 소작인 김정범을 통해서 값을 흥정하고 팔았기에, 그 땅을 산 사람에 대해서는 알지 못했다. 그런데 누구보다 그 사실을 잘 아는 김정범이 난데없이 땅을 산 사람을 물으니 어리둥절할 수밖에 없었다.

"왜 갑자기 그것을 묻는가?"

장춘근이 묻자 김정범이 힘있는 소리로 말했다.

"사실은 내가 그 땅을 모두 샀습니다."

"뭐, 뭐라고? 그게 정말인가?"

장춘근은 소스라치게 놀라 눈을 크게 떴다.

"정말입니다. 좋은 땅을 남에게 넘기기가 아까워 내가 사들인 것입니다."

"도저히 믿을 수가 없네. 자네는 내 아버지가 살아계실 때부터 우리집의 소작을 하며 살았지 않는가? 그런 자네가 어떻게 하여 그 많은 땅을 살 수 있었단 말인가?"

이 말에 김정범은 장춘근을 타이르듯이 말했다.

"그러나 그런 데는 충분한 이유가 있습니다. 서방님이 무위 도식하며 신나게 놀고 있을 때 나는 부지런히 일을 했습니다. 서방님이 재산을 흥청망청 유흥비로 탕진하고 있을 때 나는 한푼의 돈이라도 헛되이 쓰지 않았습니다. 그렇게 열심히 일하고 저축하였기 때문에 서방님의 땅을 살 수가 있었던 것입니다."

김정범의 이 말에 장춘근은 아무 말도 할 수가 없었다.

희 망

신(神)들의 왕 제우스(Zeus)는 화가 났다. 프로메테우스가 태양의 이륜차(二輪車)에서 불을 훔쳐 인간에게 주었기 때문이었다. 제우스는 프로메테우스를 코카서스의 큰 바위에 꽁꽁 묶고 독수리에게 끝없이 간장(肝臟)을 쪼아먹히게 하는 형벌을 내렸지만, 화가 풀리지 않았다.

제우스는 생각 끝에 대장장이 헤파스토스에게 명하여 진흙으로 여자를 빚으라고 했다. 눈부시게 아름다운 미인이 만들어졌다.

"모든 신들은 저 여자 인간에게 최상과 최악의 능력을 불어넣어 주도록 하여라."

제우스의 명령에 따라 각 신들이 그 여자에게 여러 가지 마음과 능력을 주었다. 아프로디테는 미(美)와 교태를, 헤르메스는 설득력과 염치없는 마음씨를, 아폴론은 음악과 천박한 속성을, 아테네는 화려한 옷과 질투심을 …….

이렇게 하여 인류 최초의 여자가 탄생되었다. 신들은 그녀의 이름을 '판도라'라고 지었다. '모든 선물을 합친 여인'이라는 뜻의 이름이었다.

제우스는 그녀에게 밀봉된 상자를 한 개 주면서 엄숙히 말했다.

"너는 그 상자를 가지고 지상으로 내려가거라. 그러나 그 상자를 절대로 열어 보아서는 안 된다. 이 말을 명심하고 또 명심하렷다."

상자를 들고 지상으로 내려온 판도라는 곧바로 프로메테우스의 동생 에피메테우스를 찾아갔다. 황홀한 미녀를 본 에피메테우스는 한눈에 넋을 잃었다. 그의 형으로부터 제우스와 그의 선물을 경계하라는 주의를 받았음에도 불구하고, 그녀를 기꺼이 맞아들였다.

어느 날 혼자 있게 된 판도라는 몹시 무료했다. 에테메우스는 출타 중이었다. 문득 제우스가 준 상자가 생각났다. 열어 보고 싶었다. 절대로 열지 말라는 제우스의 주의는 생각할수록 그녀의 호기심을 자극할 뿐이었다.

"살짝 열어보고 닫으면 누가 알겠어?"

이렇게 생각한 판도라는 단단히 봉해진 상자의 뚜껑을 열었다. 그러자 곧 인간을 괴롭히는 무수한 재액(災厄)이 그 속에서 나와 사방으로 달아났다.

소스라치게 놀란 판도라는 얼른 상자의 뚜껑을 닫았다. 그러나 이미 나올 것은 다 나오고, 오직 하나만이 맨 밑에 남아있었다. 그것은 희망이었다.

"희망은 인간을 성공으로 이끄는 신앙이다. 희망이 없으면 아무것도 성취되는 것이 없다."

이 말은 20세기의 기적이라 불리는 삼중고(三重苦)의 성녀(聖女) 헬렌 켈러(1880~1969)의 말이다.

세상에 그녀처럼 최악의 신체조건을 가지고 뜻 있는 인

생을 살다간 사람은 찾아보기 힘들 것이다. 어떠한 고통에 직면해 있는 사람이라도 그녀의 인생을 알면 저절로 고개가 숙여질 것이다. 절망에 **빠져있는** 사람들에게 그녀의 저서 《나의 생애》를 권독하고 싶다. 그 책을 읽으면 주체할 수 없는 감동과 함께 인간의 위대한 힘, 그리고 샘솟는 용기를 얻을 수 있을 것이다.

헬렌 켈러는 1880년 6월 27일, 미국 앨러버머 주의 농촌에서 태어났다. 그녀는 생후 6개월만에 벌써 말을 하기 시작한 수재(秀才)였다. 그런데 불행히도 두 살 때 앓은 열병으로 인하여 보지도 못하고, 듣지도 못하고, 말도 못하는 불구가 되었다.

이 때부터 그녀는 사람의 형상을 하고 살아 있기는 했지만, 한 마리의 가련한 짐승과 조금도 다름이 없었다. 부모형제의 도움 없이는 잠시도 살아갈 수 없는 불구 중의 불구였다. 칠흑같은 어둠 속에서 음식을 주면 먹고, 생리현상에 따라 배설을 하는 것이 고작인 존재였다.

이런 헬렌 켈러에게 인생의 전기가 된 것은, 설리번이라는 훌륭한 여자 가정교사를 만나면서였다. 설리번은 어떻게 해서라도 이 절망적인 헬렌 켈러에게 희망을 불어넣어 주려고 애를 썼다. 무한한 애정과 헌신적인 보살핌을 아끼지 않았다.

헬렌 켈러의 저서 《나의 생애》를 보면, 당시를 회상하며 다음과 같은 글을 기록하고 있다.

"여러분은 망망대해에서 배를 타고 깊은 어둠 속에 파묻혀 방향을 찾지 못하고, 항구의 소재(所在)도 알 수 없어서 성난 파도처럼 밀려드는 불안에 싸여 본 경험이 있습니까?

제가 교육을 받기 전의 마음이 그와 흡사했습니다. 모든 것이 깜깜한 절망이었고, 앞으로 어떻게 될지 몰라 불안했습니다. 눈이 있어도 보지 못하고, 귀가 있어도 듣지 못하고, 입이 있어도 말할 수 없었기에 바로 눈 앞에 안전하고 평안한 항구가 있다는 것을 꿈에도 몰랐습니다. 그러나 누군가가 보내준 구원의 손길이 저의 영혼에 빛을 주려고 애타게 부르고 있었고, 끝내는 저에게 그 빛을 비춰 주었습니다."

헬렌 켈러는 설리번 선생을 만나면서부터 차츰 영혼의 눈을 뜨기 시작했다. 설리번 선생은 먼저 자기의 손가락으로 켈러의 손바닥에 글을 써서 아주 기초적인 단어를 가르치기 시작했다. 맹농아(盲聾啞)인 헬렌 켈러에게 글을 가르친다는 것은 쉬운 일이 아니었다. 그러나 초인적인 인내력을 발휘하여 오랜 세월 묵묵히 그 일을 해냈다. 그러면서 두 사람은 세상에서 가장 가까운 사람이 되었다.

어느 날 헬렌 켈러는 조심스레 정원을 더듬어서 꽃 한 송이를 꺾었다.

'선생님께 갖다 드리자.'

설리번 선생에게 고마움을 표시하고 싶었던 헬렌 켈러는 그 꽃을 설리번 선생에게 드렸다. 꽃을 받아든 설리번은 헬렌 켈러의 손바닥에 이렇게 글씨를 썼다.

"헬렌, 나는 너를 사랑한다."

손가락 끝의 감각으로 그 글을 읽은 헬렌 켈러는 역시 손가락으로 설리번 선생의 손바닥에 글씨를 썼다.

"선생님, 사랑이란 무엇이지요?"

설리번 선생은 헬렌 켈러를 자신의 옆으로 끌어당겼다.

그리고 자신의 손바닥을 헬렌 켈러의 가슴 위에 살포시 얹었다.

다시 손바닥에 글씨를 써서 하는 대화가 시작되었다.

"사랑은 바로 네 가슴에 있단다."

헬렌 켈러는 고개를 갸웃거렸다. 도무지 알 수 없는 일이었다. 자기의 손을 가슴에 댔다. 손바닥에 무엇인가의 움직임이 느껴졌다. 콩닥콩닥 미세하게 뛰는 심장의 고동이 전달되는 것이었다.

"선생님, 사랑이란 이렇게 향기로운 꽃 내음과도 같은 것인가요?"

"아니, 그렇지 않단다."

"그럼 무엇인가요?"

"차츰차츰 알게 될 것이다. 사랑이란 단순간에 알 수 있는 것이 아니야. 살면서 조금씩 조금씩 느끼는 것이니까, 기다림이 필요하단다."

헬렌 켈러는 꽃의 향기를 다 들이미시려는 듯이 언제까지나 코를 꽃에서 뗄 줄 몰랐다. 그러다가 다시 물었다.

"사랑이란 이 꽃의 향기보다 좋은 것인가요?"

"그럼, 사랑은 꽃의 향기와는 비할 수 없을 만큼 고귀하고 숭고한 것이란다."

헬렌 켈러가 사랑이라는 말에 의문을 품고 있던 어느 날이었다. 그날은 바람이 심하게 부는 매우 우중충한 날씨였다가 오후에 맑게 개었다. 뭉게구름 사이로 강한 햇살이 내리쬐었다. 앞을 못보는 헬렌 켈러에게도 따사로운 공기와 눈앞이 밝아지는 듯한 기분이 느껴졌다.

"선생님, 사랑은 이런 것인가요? 어두웠다가 밝아지는

것처럼 말이에요."

설리반 선생은 헬렌 켈러의 손바닥에 천천히 글씨를 썼다.

"사랑은 그런 것이 아니란다. 사랑은 하늘의 구름과 같단다. 태양이 머리를 내비치기 전, 그러니까 헬렌 네가 어둠을 느끼고 있을 때의 구름 말이야."

헬렌 켈러는 복잡한 표정을 지으며 연신 고개를 갸우뚱거렸다. 그러자 설리반 선생은 다시 그녀의 손바닥에 글씨를 써서 설명했다.

"그것은 이런 것이야. 구름은 우리가 손으로 직접 만져 볼 수는 없어. 하지만 그 구름으로 인해 비가 내리는 것이야. 그 비는 우리가 손으로 직접 만질 수 있어. 비가 내리면 자연은 모두 그 비를 맞고 생명을 키우게 되지. 그러니까 비는 풀과 나무와 꽃들에겐 생명과도 같아. 따사로운 햇빛을 맘껏 받은 후에 쏟아지는 빗줄기의 사랑, 바로 그것이 사랑인 거야. 손으로 만질 수도 없고, 눈에 보이지는 않지만 그것을 받으면 한없는 기쁨과 그것의 소중함을 느끼는 거야. 행복은 사랑 때문이란다."

이 말에 켈러의 얼굴은 환하게 밝아졌다.

"선생님, 사랑은 정말 좋은 것이군요?"

"그래, 사랑은 사람의 영원한 희망이야. 희망은 사람을 행복하게 한단다. 그것 없이는 사람은 아무것도 이룰 수 없단다."

이 때부터 이 말은 헬렌 켈러의 가슴에 좌우명이 되었다. 헬렌 켈러는 설리번 선생의 헌신적인 보살핌으로 농아 학교를 거쳐 하버드대학에 입학했고, 1904년 세계 최초로 대학 교육을 받은 맹농아자로서 영예로운 졸업을 했다.

그 후에 그녀는 자기와 같은 불행한 사람들을 위한 구제 교육 사업에 온 생애를 바쳤다.

판도라의 상자에서 마지막 남았다는 희망, 오늘날에 이르기까지 인류가 어떤 재앙에 처해서도 이것이 있기 때문에 숱한 절망을 극복해 왔다. 어떤 경우라도 희망을 잃지 않는다면, 인간을 불행의 구렁텅이에 익사시킬 재액은 없다.

저마다 한 가지 재능은 있다

어느 가을날 다람쥐 한 마리가 강가로 놀러갔다. 높고 파아란 하늘만큼이나 강물은 바닥이 훤히 들여다보이도록 맑고 깨끗했다. 그런데 자세히 강을 보니 물고기들이 즐겁게 헤엄치며 물 속을 누비고 있었다.

그것을 본 다람쥐는 문득 '왜 나는 저 물고기들처럼 수영을 못할까' 하고 생각했다.

하늘을 보니, 이번에는 새들이 즐겁게 지저귀며 하늘을 훨훨 날아다녔다. 다람쥐는 기분이 언짢았다. '왜 나는 저 새들처럼 하늘을 날지 못할까' 하며 실의에 빠졌다.

한참 동안이나 실의에 빠져 있던 다람쥐는 늙은 올빼미에게 가서 자기의 무능을 호소했다. 그 말을 들은 늙은 올빼미는,

"다람쥐야, 누구나 한 가지 재주를 가지고 있단다. 너는 수영을 못하고 하늘을 날지 못하지만 나무를 기어오르는 재주를 가지고 있지 않느냐?"
라고 말을 해주었다

어떠한 사람이든 자기가 가지고 있는 독특한 천분이 있다. 그러나 자기의 특성이 무엇인지 모르거나, 또는 없다고만 느끼는 사람은 참으로 불행하며 어리석기 짝이 없다. 즉 자기를 잘 알지 못하는 것이다.

　자기를 아는 것보다 중요한 것은 없다. 자기의 특성과 장점을 찾아내고, 그곳에 전심(專心)하는 가운데 성공과 행복이 있는 것이다.

파멸의 길

깊은 산 오솔길 옆 작고 맑은 연못에 두 마리의 붕어가 살았다. 사이좋게 살던 이 붕어들이 어느 날 의견이 달라 싸웠다.

그 싸움으로 인해 한 마리가 죽어 물 위에 떴다.

시간이 흐르면서 죽은 붕어가 썩어갔다. 덩달아 물도 썩어갔다. 남은 한 마리는 썩은 물을 먹어야 했다.

한 마리가 죽어 없어지면 혼자 편히 잘살 줄 알았던 남은 붕어도 썩은 물을 먹고 마침내는 죽었다.

그 후 작은 연못에는 아무 것도 살지 않았다.

'두 사람이 마음을 같이 하면, 그 날카로움이 쇠를 자른다.'

주역(周易)에 나오는 말이다. 인간은 사회적 동물이기 때문에 인간을 떠나서는 살 수 없다. 네가 있으므로 내가 있고, 내가 있으므로 네가 있다는 평범한 말. 이 말 속에 인간이 사회적 동물이라는 함축된 의미가 담겨 있다.

무인도의 삶이 아닌 이상 누구라도 다른 사람의 도움을 받지않고 살아가는 사람은 없다. 인간 생활의 근간을 이루는 의식주(衣食住)만 해도 개인 혼자 힘으로 얻을 수 있는 것은 거의 없다.

농부가 있기 때문에 식량을 얻을 수 있고, 방직공장이 있기 때문에 옷을 구할 수 있다. 또 건설 노동자가 있기 때문에 집을 구할 수 있고, 청소부가 있기 때문에 쾌적한 환경에서 살아갈 수 있다.

이처럼 우리의 생활을 돌아다보면 우리가 많은 사람들과 관계를 맺으면서 생활하고 있다는 것을 알 수 있다.

그런데도 많은 사람들은 저 혼자 잘나서 살고 있는 듯한 태도를 취하는 경우가 많다. 때로는 세속적인 현상과 물질의 유무로 인간의 등급을 매기고, 그 등급에 따라 인간을 차별하기도 한다. 이것은 자신이 사회적 동물이라는 자각의 결핍, 즉 무지의 소치라 할 수 있다.

한 사람의 부자가 있기 위해서는 5백 사람의 빈자가 있어야 한다. 이때 올바른 정신의 부자는 빈자들에게 늘 감사하는 마음을 갖게 된다. 이는 '나에게 능력이 있다'라는 자만이 아니라, '여러분이 있음으로 내가 부자'라는 겸손을 갖기 때문이다. 마치 벼가 익으면 고개를 숙이듯이.

현명한 사람은 그 무엇보다 협동의 가치를 안다. 협동의 가치를 아는 사람은 타인을 존중한다. 네가 있으므로 내가 있다는 것을 알기 때문이다.

사람들이 서로 서로를 돕는다는 것, 그것은 아름답고 위대하며 또한 인간을 자유롭게 하는 것이다.

책임과 용기

어느 조선소에서 엄청나게 큰 해양구조물을 수주 받았다. 그날부터 사장으로부터 용접하는 직원에 이르기까지 기쁜 마음으로 열과 성을 다해 구조물을 건조하기 시작했다.

하루 이틀, 한 달 두 달, 일 년……. 시간이 흘러 커다란 건물만큼이나 높고 큰 구조물이 조금씩 모양을 갖춰나가면서 일하는 사람들의 보람과 긍지도 함께 커졌다.

마침내 구조물이 완성되어 바지(Barge)에 선적과 용접이 끝났다.

그러던 여름날, 출항을 수일 앞두고 엄청난 폭풍이 몰아닥치기 시작했다. 가로 빗겨 쏟아지는 비바람에 눈도 뜨기 어려울 정도였고, 집채만한 파도들이 조선조 방벽에 거세게 부딪쳐왔다.

조선소 직원들은 걱정이 되어 비를 맞으며 작업장으로 나갔다. 아니나다를까, 오랜 시간 땀 흘려 열심히 만든 매머드 같은 거대한 구조물이 조그만 나룻배인 양 파도에 춤추고 있었다. 구조물을 싣고 있는 바지 밑바닥이 언제 구멍이 날지 모를 만큼 심하게 할퀴었다.

그것을 지켜보고 있는 조선소 직원들은 안타까움에 발을 동동구르며 어찌할 줄을 몰랐다. 그런 숨막히는 시간이 얼마쯤 지난 후였다. 산더미 같은 파도가 크게 일더니 구조물이 파도에 밀려 바다 쪽으로 점점 밀려가기 시작했다.

엄청난 대자연의 위력 앞에 선 조선소 직원들은 한없이 나약하고 왜소한 존재일 뿐이었다. 사람의 능력을 초월하는 엄청난 힘 앞에서 감히 누구도, 밀려가는 구조물을 붙잡아야 한다는 생각을 할 수 없었다. 그 힘에 휘말릴 경우, 생명을 잃을 것은 불보듯 뻔했다. 그래서 직원들은 빗속에서 공포의 파도 소리만 거대하게 울려오는 바다를 그저 바라볼 수밖에 없었다. 실로 안타까운 순간이었다.

그때였다. 직원들 사이를 뚫고 한 사나이가 튀어나와 쏜살같이 구조물을 향해 달려가기 시작했다. 그 사나이는 비바람을 뚫고 거센 파도에 온몸을 맡긴 채 배에 접근했다.

그러나 나머지 사람들은 갑자기 벌어진 상황에 손에 땀을 쥐고 마음 속으로 응원을 보내기 시작했다.

무언의 성원에 힘입은 듯 그 사나이는 바지의 줄을 타고 무사히 배에 올랐다. 그러자 곧 이어 나머지 사람들도 용기를 내어 위험한 상황에 뛰어들었다.

그리하여 조선소 직원들은 한마음 한뜻이 되어 폭풍에 맞서 배를 구할 수 있었다.

항상 대언장담(大言壯談)하거나 점잖은 체하며 설교하는 사람은 상당히 용기가 있는 사람처럼 생각되기 쉽다. 그러나 용기란, 시험을 통하지 않고서는 진짜가 되지 못한다. 용기에 대해 훌륭한 지론을 내세우는 사람이라고 해서 반드시 용기가 있는 것이 아니다. 또한 허약해 보이는 사람이라고 해서 그 용기를 무시해서는 안 된다.

늘 겁쟁이로 알려졌던 어떤 아이가 친구의 위험을 구하기 위해 맹견(猛犬)의 목을 끌어안고 어른에게 구원을 청했던 일이 있다. 진정한 용기란 유사시에 발견되는 것이다.

우둔한 자의 깨달음

석가의 제자 가운데 주리반특(周利槃特)이라는 자가 있었다. 반특은 반득(槃得)의 아우였다 형인 반득은 매우 총명한데 반해 아우인 반특은 너무도 우둔했다.

어느 날 반특을 불러놓고 석가는,

"너는 머리가 좋지 않으므로 어려운 것은 기억할 수 없을 것이다. 그래서 너에게는 매우 쉽고 간단한 가르침을 줄 터이니 이것만은 알고 있도록 하라."

하고 말한 후 다음 어구를 일러주었다.

"삼업(三業), 곧 신체의 동작·언어·의지의 작용을 악으로써 하지 마라. 정성이 있는 모든 사람을 상해하지 말 것이며, 오직 바른 생각으로 공(空)을 보면 무익한 고통이 없게 된다."

반특은 석가의 이 가르침을 몇날 며칠을 두고 외우고 또 외웠다. 그러나 매우 간단한 이 가르침조차 도저히 외울 수가 없었다.

자기의 우둔을 비관하던 반특은, 어느 날 석가를 찾아가 말했다.

"세존이시여! 저는 아무래도 바보 천치임에 틀림없습니다. 여러 날 동안 전번의 그 가르침을 외우려고 노력했지만, 그것마저도 외울 수가 없습니다. 이렇게 우둔하니 아무래도 저는 당신의 제자되기가 어렵겠습니다."

이 말을 들은 석가는 곧 이렇게 말했다.

"반특아, 바보이면서 스스로 바보인 줄 모르는 사람이 정말 바보다. 그런데 너는 스스로 자기가 바보인 줄 알고 있으니 정말 바보는 아니다."

이런 말을 하고 난 후 석가는 반특에게 비 한 자루를 주었다. 그리고 일전에 일러준 어구의 뜻을 더 간단하게 줄여서 '먼지를 닦고, 때를 씻으라'라고 가르쳐주었다.

우둔하기는 해도 남달리 성실하고 정직한 반특은 이때부터 열심히 그 어구를 외우는 한편 그 말을 실천했다.

몇 해를 두고 다른 제자들의 신발을 닦아주고 집안의 청소를 도맡아 해가면서 도를 닦았다.

이렇게 오랫동안 한 자루의 비와 한 구절의 진리를 실행함에 전념한 탓으로 반특은 마침내 자기 마음의 때와 먼지, 곧 번뇌를 씻어내고 훌륭한 부처가 되었다.

석가는 반특의 이와 같은 깨달음에 대하여 다른 제자들에게 이렇게 말했다.

"도를 닦는다는 것은 결코 많은 교리를 외우는 것이 아니다. 중요한 것은 단 한 가지의 말이라도 배웠으면 그것을 실행하는 것이다. 보라, 반특은 자기가 비 한 자루를 들고 청소하는 일에 열중하더니 어느 틈에 도를 깨닫게 되지 않았느냐."

세상에 노력하는 것 이외의 대가를 받을 수 있는 것은 없다. 모름지기 성공은 바람직한 노력의 대가다. 또한 깨달음은 많이 아는 것이 아니라 아는 것을 실천하는 데에 있다.

믿 음

어느 날, 예수가 제자들과 함께 길을 가다가 소경 한 사람을 보았다. 이때 한 제자가 물었다.

"저 사람은 누구의 죄로 인해 소경으로 태어났습니까? 자신의 죄입니까, 아니면 부모의 죄입니까?"

그 물음에 예수는 나지막한 소리로 이렇게 말했다.

"자기의 죄도 부모의 죄도 아니다. 다만 하느님의 놀라우신 일이 그로부터 나타나게 하기 위함일 뿐이다. 우리는 나를 보내신 분의 일을 낮에 해야 한다. 밤이 오면 그땐 아무도 일할 수 없어(낮은 예수의 삶이고, 밤은 예수의 죽음을 뜻함). 내가 이 세상에 있는 동안 나는 세상의 빛이니라."

이런 말을 하고 난 다음, 예수는 땅에 침을 뱉았다. 그런 후 침으로 흙을 개어 소경의 눈에 발라주며 말했다.

"실로암 못에 가서 눈을 씻으라."

예수의 말에 소경은 성전이 있는 언덕 기슭에 있는 실로암 못으로 가서 눈을 씻었다.

그러자 그 순간부터 신기하게도 눈이 보였다.

이 사실에 사람들은 저마다 수군거리며 어떻게 눈을 뜨게 되었느냐고 물었다. 그는 예수가 한 그대로 자초지종을 낱낱이 말했다. 그러자 그들은 곧 그를 데리고 바리새인들에게 데리고 갔다.

그날은 바로 안식일이었으므로 바리새인들의 의견은 엇갈렸다. 한편은 예수가 안식일을 어겼으므로 하느님이 보낸 사람이 아닌 것이 분명하다 했고, 다른 한편은 그렇다면 어찌 그런 기적을 행할 수 있겠느냐고 의문을 제기했다.

그러나 그때 바리새인들은 예수를 메시아[救世主]로 인정하면 누구든지 회당에서 쫓아버렸기 때문에 한사코 예수의 기적을 시인하려 들지 않았다.

그래서 소경이었던 그에게 엄히 명령했다.

"예수는 죄인이니 당신은 이 영광을 하느님께 돌려라!"

그 명령에 그는 고개를 살래살래 흔들며 말했다.

"저는 그 분이 죄인인지 아닌지는 모릅니다. 오직 소경이었던 제가 그분으로 인하여 지금 앞을 보게 되었다는 사실을 알 따름입니다."

바리새인들은 갖가지 말로 그를 회유하고 협박도 했지만 대답은 한결 같았다. 그래서 그를 쫓아버렸다.

그러한 사실을 알게 된 예수가 그를 만나 물었다.

"당신은 메시아를 믿습니까?"

"어느 분이 메시아인지는 눈으로 보질 않아 모르지만 선생님 말씀이라면 믿겠습니다."

"그렇다면 당신은 이미 그를 보았소. 지금 당신과 말하고 있는 내가 바로 메시아요."

"주님, 믿습니다."

그가 예수에게 거듭 경배하자 예수가 말했다.

"나는 이 세상을 심판해서 보지 못하는 사람을 보게 하고, 보는 사람은 소경이 되게 하려고 온 거요."

그러자 주위에 있던 바리새인들이 항의했다.

"그럼, 우리도 소경이란 말입니까?"

그 말에 예수가 이렇게 말했다.

"당신들이 차라리 소경이었다면 죄가 없었을 것이지만, 지금 본다고 하니 당신들 죄가 그대로 남아 있구려."

<성경>

이 말은, 소경은 예수를 인정했지만 바리새인들은 눈이 보인다고 하면서도 예수를 인정하지 못하고 있음을 신랄하게 꾸짖는 말이다.

흔히 우리는 보여주면 믿겠다고 말한다. 그러나 믿음은 봄에 씨뿌리는 농부의 마음과도 같은 것이다. 농부는 봄에 씨를 뿌리고 땀흘려 정성을 다한 후인 가을에 열매를 거둬들이는 것을 안다. 시간이 흐른 후에야 열매를 얻을 수 있다는 것, 이는 믿음의 뿌리임과 동시에 만고의 진리이다.

진정한 믿음이란 봄으로써 믿는 것이 아니라 믿음으로써 보는 것이다

상 술

어느 시장에 골동품상이 두 곳 있었다. 한쪽은 오래 전부터 그곳에서 점포를 해왔고 평판도 좋았다. 또 다른 한 곳은 겨우 2년전에 점포를 열었을 뿐이다. 그런데 놀랍게도 그 이후 오래된 점포는 쇠퇴해져 갔고 새로 점포를 낸 쪽은 날로 번영해갔다.

오래된 골동품상점은 비상이 걸렸다. 그때 마침 경쟁상대의 경리가 근무처를 바꾸고 싶다는 말을 듣자 그 사나이를 고용하기로 결정했다. 그렇게 함으로써 상대방의 성공 비결을 알아내자는 것이었다 그 사나이가 자기네 점포에서 일을 하게 된 지 며칠후에 찻집으로 데리고 갔다.

커피를 마시면서 주인이 말문을 열었다.

"내가 자네를 고용한 것은 경쟁상대의 비밀을 듣고자 해서 한 것이 아니야. 그러나 이것만은 좀 이야기해 주게나. 저쪽은 어디가 어떻기에 그토록 장사가 잘 되나? 무언가 참고될 만한 것이 있으면 들려주지 않으려나. 틀림없이 어떤 비밀이 있을 거야."

종업원은 잠시 가만히 있더니 대답했다.

"하는 수 없이 대답을 해야겠군요. 그것은 주인의 귀가 먹었기 때문이랍니다."

"자네 지금 뭐라고 했나, 그 사람들의 장사가 잘 되는 것은 주인의 귀가 먹었기 때문이라고? 자네 머리가 좀 어떻게 된 게 아닌가?"

종업원이 뾰루퉁해져서 말했다.

"무슨 말씀이오. 크게 흑자를 내고 있는 것은 주인의 귀가 먹었기 때문이라고 제가 말씀드렸는데, 그 말을 믿지 않으신다면 곤란합니다."

"언제부터 주인의 귀가 나빠졌단 말인가?"

"정말로 귀가 먹었는지 아닌지는 저도 잘 모르겠습니다. 또 그것은 큰 문제가 되지도 않습니다. 장사라는 것은 아시는 바와 마찬가지로 어떤 효과가 있느냐가 중요한 것이지요."

"그렇다면 귀먹은 시늉을 하고 있단 말이군, 그것 참 재미있네. 자세히 좀 이야기해 주게."

종업원은 앞으로 다가앉으며 필요 이상으로 거드름을 피우며 말했다.

"그럼 들어보시지요. 주인 아줌마는 깊숙이 있는 사무실에서 일을 하고 점포에는 주인 아저씨가 나와 있습니다. 손님이 들어와서 쇼 윈도에 있는 이조백자가 얼마냐고 물으면 주인 아저씨는 사무실을 향하여 '쇼 윈도에 있는 이조백자는 얼마지?'라며 소리를 지릅니다 그러면 주인 아줌마가 '그 이조백자는 380만원이에요'라고 대답을 하지요. 귀가 먹은 주인 아저씨는 손님의 얼굴을 친절한 표정으로 바라보면서 이렇게 말한답니다. '들으셨지요. 180만 원입니다' 그렇게 하면 손님이 사가기 마련이지요."

물고기가 잡히는 것은 낚시꾼이나 낚싯대 때문이 아니
다. 낚시바늘에 매달린 먹이 때문이다.

나무와 열매

어떤 노인이 정원에서 묘목을 심고 있었다. 마침 지나가던 나그네가 그것을 보고 노인에게 물었다.

"노인장께서는 그 나무에 언제쯤 열매가 열릴 것으로 생각하십니까?"

그러자 노인은,

"70년쯤 가면 열리겠지."

라고 대답했다.

"노인장께서 그때까지 오랫동안 사실 수 있으시겠습니까?"

라고 묻자 노인은 다음과 같이 대답했다.

"아니지, 내가 태어났을 때 우리집 과수원에는 열매가 많이 열렸었지. 그것은 내가 태어나기 훨씬 전에 우리 아버지께서 나를 위해 심어 놓았기 때문이야. 나도 그와 똑같은 일을 하고 있을 뿐이지."

우리가 살고 있는 자연은 선조들에게 물려받았음과 동시에 후손들에게 빌린 것이다. 따라서 결코 우리 시대의 편의를 위해 훼손시켜서는 안 된다. 적어도 1백 년 후의 후손들을 생각하며 보존과 개발에 힘써야 한다.

　선조들이 우리들을 위해 묘목을 심었던 것과 같이 우리도 후손들을 위해 유익한 그 무엇인가를 남겨야 하는 것이다.

내일은 공짜

어느 이발소에 '내일은 공짜로 이발해 드립니다'라는 간판이 붙어 있었다. 어떤 사람이 공짜 이발을 하려고 벼르고 있다가 다음날 가서 이발을 했다. 이발을 하고 감사하다고 인사한 후 나오려니까,

"네, 손님. 팔천 원만 내시면 됩니다."

라고 하는 것이었다. 깜짝 놀란 손님이

"아니 이발을 공짜로 해준다고 해서 들어왔는데요?"

"어디 공짜라고 되어 있습니까?"

둘은 밖에 나가 간판을 보았다.

"여기 공짜라고 되어 있지 않습니까?"

"어디 공짜라고 되어 있습니까? 내일이면 공짜로 해드린다고 했죠."

"나는 어제 이 간판을 봤단 말이에요."

"그러나 간판은 여전히 내일을 가리키고 있잖습니까?"

"그럼 언제 오면 공짜입니까?"

"내일이오. 오늘은 항상 돈을 받습니다."

"그러면 영원한 내일이니 기대할 수 없군요."

"내일은 당신의 날도, 나의 날도 아닙니다. 단지 오늘만이, 지금이 순간만이 나의 것이요, 당신의 것일 뿐이죠. 그러므로 지금 이 순간을 가장 귀하게 여기고 이 순간에 충실해야 되지요."

인생에 있어서 가장 중요한 것은 어느 때인가? 그것은 오직 현재이다. 미래도 과거도 존재하지 않는다. 사람들은 인생에 과거 현재 미래, 이 세 가지가 있다고 알고 있지만, 실재라는 것은 현재뿐이다.

존재하는 것은 언제나 현재라는 이 순간뿐이다. 과거는 현재와 관련이 있음으로써 의미가 있고, 미래도 현재와 관련됨으로써 의미가 있을 뿐이다.

찰스 램의 편지

　찰스 램*은 오랫동안 인도에 있는 한 상사에서 월급쟁이 생활을 했다.

　그런데 아침 10시부터 오후 4시까지 꼬박 일을 하다보니, 마음대로 글을 쓰고 책을 읽을 수가 없었다. 그래서 그는 늘 자기 마음대로 할 수 있는 자유로운 시간을 아쉬워했다.

　세월이 흘러 찰스 램이 월급쟁이 생활로부터 해방되는 날이 왔다. 정년 퇴직을 하게 된 것이다.

　찰스 램은 그날따라 모양을 내고 마지막 출근을 했다.

　"선생님, 명예로운 정년 퇴직을 축하합니다."

　찰스 램의 평소 생각을 알고 있던 여사무원이 인사를 했다.

찰스 램(Charles Lamb, 1775~1834) : 영국의 수필가. 1796년 콜리지의 시집에 4편의 시를, 98년에는 C. 로이드와 함께 시집을 냄. 신변 관찰을 멋진 유머와 페이소스를 섞어가며 훌륭하게 문장화한 《엘리아 수필》로 불후의 문필가가 됨. 램은 만년에 길 한모퉁이에서 돌에 걸려 넘어져 안면에 부상을 입고, 이로 인해 생애를 마침.

"고마워요."

"이제 밤에만 쓰던 작품을 낮에도 쓰시게 되었으니, 작품이 더욱 빛나겠군요."

"햇빛을 보고 쓰는 글이니 별빛을 보고 쓰는 글보다 빛이 날건 당연한 일이지. 자, 그럼 나는 사장실에 들어가 봐야겠어."

"예, 그렇게 하셔요."

찰스 램은 사장실이 있는 복도를 걸으면서 혼자 중얼거렸다.

"아아, 이렇게 자유스러운 몸이 되기를 얼마나 애타게 기다렸던가……."

월급쟁이 생활을 청산하는 찰스 램은 가벼운 흥분마저 느끼고 있었다. 마음껏 읽고 쓸 수 있는 시간을 갖게 된 기쁨 때문이었다.

그리고 그로부터 3년 후, 찰스 램은 정년 퇴직 축하 인사를 해주었던 여사무원에게 다음과 같은 편지를 보냈다.

"사람이 하는 일 없이 한가한 것이, 일이 너무 많아서 눈코 뜰 새 없이 바쁜 것보다 얼마나 못 견딜 노릇인가를 이제야 알게 되었다오.

할 일 없이 빈둥대다 보면 자신도 모르는 사이에 스스로를 학대하는 마음이 생기는데, 그건 참으로 불행한 일이오. 아가씨는 부디 내 이 말을 가슴에 잘 새겨 언제나 보람있는 바쁜 나날을 꾸며 가기 바라오."

찰스 램으로부터

인간이 일을 할 수 있다는 것은 행복의 첫걸음이다. 작업을 통하여 만인(萬人)의 복지와 열락을 취할 수가 있으며, 만인의 행복에 봉사할 수 있는 길을 발견하게 된다.

바쁜 것을 불행하다고 생각해서는 안 된다. 예를 들면 가정의 작은 일도, 그것이 보수도 없는 노예적인 작업이라고 생각하면 그야말로 무미건조하고 피로하기 쉬운 중노동이지만, 그 일을 통하여 사랑하는 남편과 자녀들의 행복을 위해 자신이 직접 관여한다고 생각할 때, 그 작업이야말로 깊은 의의를 가지면서 빛나 보이는 것이다. 매일하고 있는 일을, 자신의 영혼을 향상시켜 주는 것이라 생각하고 그것에 성심을 다할 때 사는 보람을 느끼게 된다.

자신을 알라

어느 철학자에게 조카딸이 있었다.

이 아가씨는 얼굴이며 몸맵시며 제법 아리땁게 생기기는 했으나, 소위 천사같이 아름답게 생긴 것은 아니었다.

그래도 당자는 세상에서 제가 가장 잘난 것으로 생각하는지, 무엇을 보아도 눈에 차지 않아서,

"흥, 제까짓 게……."

어쩌고 하는 것이 입버릇처럼 되어 있었다. 게다가 거만하기는 또 어찌나 거만한지 거리를 걸어다니면 매일같이 무엇이 그리 불만인지 얼굴은 잔뜩 찡그리고 모든 것을 못마땅해했다.

"아이쿠, 저건 시집 가서 남편 애깨나 먹이겠구나."

"저는 잘났다고 설치고 다니지만, 아무도 저 같은 걸 거들떠보는 자는 없지. 암, 없구 말구."

사내들이 뒤꽁무니에 손가락질을 하고 이러쿵 저러쿵 흉을 보고 있어도 그녀는 아는지 모르는지, 흡사 만나는 사람들이 모두들 견딜 수 없는 냄새라도 풍기고 있기나 한 듯이 쉴새없이 콧날에 주름을 세우곤 했다.

그러던 어느 날도 그녀는 외출했다가 불쾌한 마음이 가득 차서 집으로 돌아와 사람들에 대한 험담을 늘어놓기 시작했다. 철학자는 불쾌한 것을 참을 수가 없어 한마디 비꼬아주었다.

"물론이지. 보기가 싫은 것을 억지로 보라는 법은 없으니까. 하지만 너처럼 그렇게 불쾌한 사람들을 보는 게 싫은 사람은 앞으로 거울도 일체 보지 말아야겠구나. 그렇게 해야 유쾌한 생활을 할 수 있겠지."

차마, '나도 네 얼굴을 보면 불쾌해진다'라고 말할 수가 없어 이렇게 돌려댄 것이었다.

그러나 머리 속이 텅텅 빈 이 아가씨는 무슨 말인지 알아듣질 못했다.

"거울이야 무슨 죄가 있나요. 저는 거울이 불쾌한 물건이라곤 생각지 않아요."

아가씨는 제법 무슨 솔로몬 왕이라도 된 듯이 똑똑한 체하며 이렇게 대꾸를 했다.

철학자는 속으로 혀를 쯧쯧 찼다.

"이 어리석은 것아 거울에 무슨 죄가 있겠니, 거기에 비치는 네 얼굴이 문제지."

사람은 항상 스스로 생각하는 대로 성격이 형성되고 용모가 변한다. 카페의 종업원은 그녀대로의 분위기를 지니고, 접대부는 접대부대로 어울리는 분위기를, 학자는 학자대로, 상인은 상인 나름대로의 분위기를 지니는 까닭도 여기에 있다. 자신이 상쾌한 분위기를 지니느냐의 여부는 자신의 얼굴 화장보다도 더욱 중요한 일이다.

화장도 사람에게 호감을 주려고 하는 것이지만, 화장의 밑바닥으로부터 저속한 분위기가 새어 나온다면 여성에게 있어 더 이상 비참한 일은 없을 것이다.

어느 유서

예루살렘에서 멀리 떨어진 곳에 사는 한 유태인이 아들을 예루살렘에 있는 학교로 유학을 보냈다.

그런데 아들이 예루살렘에서 공부하고 있는 사이에 아버지가 중병으로 앓아눕게 되었는데, 아무래도 아들을 만나보지 못하고 임종할 것 같아 유서를 썼다. 유서의 내용은 자기의 재산을 한 노예에게 물려주되, 단 한 가지만 아들이 바라는 것이 있으면 아들에게 준다는 것이었다.

마침내 아버지가 죽었다. 노예는 자신의 행운을 기뻐하며 예루살렘으로 달려가 아들에게 아버지의 사망을 알리고 유서를 보였다. 아들은 크게 놀라고 슬퍼했다.

아들은 아버지의 장례를 치른 후에 앞날을 어떻게 해야 좋을까를 곰곰이 생각했다. 그는 결국 랍비를 찾아가 사정을 말하고,

"왜 아버지께서 저에게는 재산을 물려주지 않았을까요? 여태까지 저는 한번도 아버지에게 잘못을 저지른 적이 없는데 말입니다."

라고 불평을 털어놓았다. 그러자 랍비는,

"천만에, 자네 아버지는 아주 슬기로운 분이네. 아들을 진심으로, 또 너무 사랑했기 때문에 그런 유서를 남긴 것이네. 이 유서를 보면 그것을 충분히 알 수가 있네."

라고 랍비가 말했다. 그러나 아들은,

"노예에게 전재산을 다 물려 주시고 저에게 아무것도 남겨주시지 않은 것은 말이 안 됩니다. 자식에 대한 사랑이라곤 손톱만큼도 없이 저를 미워하신 것이 분명합니다."

라고 원망스럽게 말했다.

"자네도 아버지처럼 슬기롭게 머리를 써야 하네. 자네 아버지가 진정으로 무엇을 바라고 계셨는가를 생각해 보면 자네에게 훌륭한 유산을 남겨 주셨다는 사실을 깨닫게 될 것일세."

랍비가 타이르듯 말을 이었다.

"자네 아버지는 자신이 죽을 때 아들인 자네가 임종을 못할 것을 생각하셨네. 그러면 노예가 전재산을 가지고 도망갈 수도 있겠지. 또한 재산을 마구 탕진하거나 심지어는 자기가 사망했다는 사실마저도 아들에게 전하지 않을까 보아서 전재산을 노예에게 물려 준 것일세. 전재산을 노예에게 주면 그는 기뻐하며 급히 아들에게 달려갈 것은 물론이고 재산도 고스란히 보존될 것이라고 생각하신 것일세."

"알 수 없는 일입니다. 그게 저에게 무슨 소용이 있습니까?"

"역시 젊은 사람이 돼서 생각이 미치지 못하는군. 노예의 재산은 모두 주인에게 속해 있다는 법을 모르나? 자네 아버지는 자네가 원하는 한 가지만 자네에게 준다고 분명히 말씀하시지 않았나? 그러니까 자네는 노예만을 선택하면 되는 거야. 그 얼마나 현명하고 자상하신 지혜인가 말이야."

그제서야 아들은 아버지의 참뜻을 깨달았다.

유산 중 가장 좋은 것은 완전한 교육을 자녀에게 남기는 것이다.

(J. 스코트)

교 만

옛날 중국 오나라 왕이 어느 화창한 봄날 신하들과 더불어 봄놀이를 나갔다.

그들 일행은 강에 배를 띄우고 아름다운 봄의 경치를 마음껏 즐겼다. 강기슭에는 아름다운 봄꽃들이 흐드러지게 피어 있고 이름 모를 산새들과 나비들이 이리저리 날아다녔다.

강을 거슬러 한참을 올라가다 보니 경치는 더욱 아름다워졌다.

그런데 그때 강기슭에 원숭이 한 마리가 나타났다. 그리고 조금 있으려니까 원숭이들이 수도 없이 나타났다.

"어인 일로 원숭이들이 저리도 많이 모여 있는고?"

왕이 물었다.

"저 산은 본시 원숭이가 많이 모여 사는 산으로서 저산이라 하옵니다."

신하 한 사람이 이렇게 설명해 주자 왕은,

"오, 그렇구나! 말만 들었더니 오늘에야 저산을 보게 되는구나."

하고 말했다.

한편 강기슭까지 내려와 놀고 있던 원숭이들은 사람들이 떼지어 올라오자 순식간에 자취를 감추어 버렸다. 그런데 그 중 원숭이 한 마리는 도망치지 않고 그대로 남아 사람들을 쳐다보고 있었다.

"다들 숲으로 도망치는데 저 원숭이만은 도망을 치지 않는구나."

혼자 남은 원숭이는 나뭇가지를 거머잡기도 하고, 타고 다니기도 하는 등 여러 가지 재주를 부려 보였다. 이렇게 재주를 잘 부리는데 설마 자기를 해칠 수 있을까 하는 듯한 표정이었다.

"활을 이리 다오."

활을 받아든 오나라 왕이 재주를 부리고 있는 원숭이를 향해 활을 당겼다. 원숭이는 도망치지 않고 왕이 쏜 화살을 재빠르게 손으로 받아 잡았다. 그리고는 자랑스러운 듯 화살을 들어 보였다.

"저 원숭이는 내가 화살을 정통으로 쏘지 않았더니 그걸 받아들고 저리도 교만하게 구는구나."

오나라 왕은 이렇게 말하고 다시 활을 들어 이번에는 정통으로 쏘았다.

화살을 맞은 원숭이가 죽어 넘어지자 왕은 자신의 친구인 안불의를 돌아보며 말했다.

"저 원숭이는 그 재주를 자랑하고 **빠른** 것을 믿고 내게 방자했다. 그래서 결국 이렇게 죽은 것이다. 제 친구들이 도망칠 때 같이 갔더라면 이런 일은 없었을 텐데. 교만은 진실로 조심해야 하는 것 중의 하나이다. 아, 자네도 자네의 그 잘난 체하는 얼굴빛으로써 남에게 교만하는 일이 없게 하게나."

그러자 안불의는 얼굴을 붉히며 고개를 숙였다.

그 후 안불의는 스스로 교만하던 마음을 버리고 겸손한 마음으로 오나라 왕을 도와 많은 업적을 남겼다.

사람의 성품 중에 가장 뿌리 깊은 것이 교만이다. 나는 지금 누구에게나 겸손할 수 있다고 자랑하고 있는데, 그것도 하나의 교만이다. 자기가 겸손을 의식하는 동안에는 아직 교만의 뿌리가 남아 있는 것이다.

(프랭클린)

계란을 낳을 수 있나요?

　국회의원 선거에 출마한 어떤 정치인이 농촌을 방문하여 유세를 했다.

　"저는 밭을 갈 줄도 알고 곡식을 거두는 일과 소젖 짜는 것, 그리고 말에게 신을 신기는 일을 비롯하여 농촌에서 하는 것은 무엇이나 할 수 있는 사람입니다. 여러분들의 의사를 대변하려면 여러분들의 사정을 최소한 이 정도는 아는 사람을 국회로 보내야 하지 않겠습니까? 저는 여러분이 하시는 일은 다 할 수 있습니다. 제가 할 수 없다고 생각하는 것이 있으면 말씀해 보시기 바랍니다."

　그 말을 들은 청중은 모두 숙연해 있는데, 뒷줄에서 퉁명스런 말이 나왔다.

　"선생님은 계란을 낳을 수 있습니까?"

선거가 있을 때마다 금방 마술사 같아지는 것이 정치가들이다. 이때만은 그들에게 불가능한 것이 하나도 없는 것 같이 보인다. 큰 부자에서부터 뒷골목의 빈민에 이르기까지 한 사람도 남김없이 행복해지도록 하겠다는 그들의 공약은 마치 전지전능한 신의 뜻 같기도 하다.

　그 연금술은 자못 훌륭하고 매우 찬란한 빛을 뿜으나 이윽고 선거가 끝나면 겉치레에 불과하였다는 것이 금방 폭로된다.

　무릇 명예란, 자기 자신의 노력에 의해서 얻어지는 것이 아니라 주위에서 부여하는 것이다. 주어지지 않는 명예를 억지로 얻으려 하는 사람은 추악해진다.

은술잔

조선 성종 때 예조참의(禮曹參議)를 지낸 손순효는 덕행이 당대의 으뜸이었으며, 또한 대주가로서 이름이 높았다.

어느 날 그는 왕의 부름을 받고 급히 입궐하여 왕 앞에 엎드렸다. 그날도 그는 몸을 가누기 힘들 정도로 취해 있었다. 이를 본 상감은,

"해가 중천인데 웬 술을 그리 마셨소? 과인이 늘 주의를 주었건만 어찌 소홀히 흘려 버리오? 그대를 부른 것은 명나라에 보낼 국서를 짓게 하려고 부른 것인데 짓기가 어렵겠소!"

"황송하오나 지어 올리겠나이다."

손순효는 붓을 잡았다. 그리고 흰 종이 위에 거침없이 내려쓰기 시작하는데, 그 글은 대의가 분명하고 빼어난 명문이었다.

"경은 만고에 드문 재사로다!"

상감은 크게 기뻐하였다.

"내 오늘 그대에게 술잔 하나를 하사하겠으니 매일 그것으로 딱 한 잔만 마시도록 하오."

하며 왕은 그에게 작은 은술잔을 하나 하사했다.

그는 머리를 조아리기는 했으나 상감으로부터 조그마한 은술잔을 받고 보니 기가 막혔다.

"이 은술잔으로 하루에 딱 석 잔뿐이라니……."

그는 집으로 돌아와 그 은잔에 술을 따라 마시니 미칠 지경이었다. 그는 한 꾀를 내어 그 은잔을 은방으로 가지고 가서 주발로 만들어 달라고 했다. 조그마한 은잔으로 주발을 만드니 얇기가 마치 종잇장 같았으나 술을 많이 담을 수 있어 몹시 기뻤다.

하루는 상감이 그를 불렀는데 술냄새가 풍기는지라,

"아니, 경은 기어코 어명을 어기고 말았구려!"

"아뢰옵기 황송하오나 신은 어명을 받들어 어김없이 실행한 것으로 아뢰옵니다."

"과인이 준 은잔으로 석 잔 마셨는데 그토록 취한단 말이오?"

"예, 딱 석 잔만 마셨사옵니다."

왕은 그 은잔을 가져오도록 명했다. 그러자 그가 가져온 것은 잔이 아니라 종잇장처럼 얇은 은주발이었다.

"이게 어찌 된 거요?"

"예, 마마께서 주신 은잔으로는 부족하옵기에 은방으로 갖고 가서 좀 늘려달라고 하였사옵니다. 그러나 은의 무게는 그 전과 다름이 없는 줄로 아뢰옵니다."

왕은 그 은잔을 보고 크게 웃었다.

사람은 다음과 같은 다섯 가지 이유로 술을 마시게 되는 것이다. 첫째는 축제일을 위해서, 다음은 당장 목이 마르니까, 그리고는 미래를 거부하기 위해서, 그 다음은 맛이 있는 술을 칭찬하기 위해서, 맨 끝으로는 무슨 이유가 있겠는가!

(루케르트)

사랑이란

　어느 날 여러 사람이 모여 사랑의 신비와 미덕에 대해 각자의 의견을 털어놓았다. 삶에 지친 중년의 한 남자가 얼굴을 찌푸리며 이렇게 말했다.

　사랑이란 옛 조상들로부터 물려받은 타고난 섬약함이라오.

　그때 힘세고 건장한 체구의 한 젊은이가 노래하면서 걸어와서는,

　"사랑이란 우리네 삶의 전과정을 따라다니면서 현재의 시간을 과거와 미래에 얽어매는 하나의 결단입니다."
라고 말했다. 그러자 슬픈 표정의 어느 여인은 한숨을 지으며 이렇게 말했다.

　"사랑이란 지옥의 구렁텅이에서 온 암흑과 공포의 독사들이 토해내는 무서운 독액과 같지요. 그것이 방울져서 목마른 영혼 위에 떨어지면 그 영혼은 거기에 취한 나머지 일년 동안 깨었다가 영영 죽게 되니 말이오."

　그 말이 끝나자 장미빛 입술에 미소를 머금은 젊은 아가씨는 이렇게 말했다.

"사랑이란 새벽의 신부들이 용사들을 위해 떠올리는 감미로운 음료수이지요. 그들은 일어나 별빛 아래에서 찬미를 아끼지 않고 햇빛 아래에서 즐거워한답니다."

잠시 후 거무칙칙한 옷을 걸치고 앞가슴에는 듬성듬성 털이 난 남자가 와서 엄숙하게 말했다.

"사랑이란 젊음의 새벽녘에 왔다가 황혼 무렵에 가버리는 일종의 어리석음이겠지요."

그 말을 듣던 온화한 표정의 한 사람이 기쁜 어조로 조용히 말했다.

"사랑이란 우리의 눈과 우리 마음 속의 눈을 밝혀주는 하늘의 지혜가 아닐까요? 그래서 우린 신처럼 이 세상의 그 무엇이라도 볼 수 있을 겁니다."

그때 지팡이로 땅을 더듬으며 어느 눈먼 이가 지나가고 있었다. 그는 울부짖는 목청으로,

"사랑이란 영혼을 덮어버리는 짙은 안개더미이며 삶의 모습을 가리우는 베일입니다. 그래서 그 영혼은 욕망의 그림자 외엔 아무 것도 볼 수가 없어, 가파른 들언덕에서 길을 잃은 나머지 황폐한 골짜기에서 들려오는 메아리소리밖에 듣지 못하는 것입니다."

라고 말했다. 그때 악기를 켜며 한 젊은이가 노래하다가 이렇게 말했다.

"사랑이란 가장 섬세한 내면의 깊은 곳에서부터 반짝여 끝내 세상의 모든 것을 비추어 주는 천국의 빛이 아닐까요? 그 빛은 세상을 푸른 풀밭 속의 행렬처럼 우리네 삶을 아름다운 꿈처럼 펼쳐 보여 줄 것입니다."

그 젊은이 뒤로 어느 노인 한 분이 힘겹게 걸어와서 떨

리는 목소리로 말했다.

"사랑이란 조용한 묘지 속에서 슬픈 육신이 쉬게 되는 것일 거야. 내세의 보루를 지키면서 영혼의 안식을 얻는 것이지,"

마지막으로 다섯 살박이 한 아이가 뛰어다니며 외쳤다.

"사랑은 나의 아버지, 사랑은 나의 어머니예요. 나의 아버지와 어머니 말고는 그 누구도 사랑을 알 수 없어요."

사랑은 천상으로부터 내려온 불이다. 사랑은 인간이 신에게 받은 선물 중 최고의 것이다. 왜냐하면 신은 사랑 그 자체이기 때문이다. 죽음을 앞두고 단 한 마디 '나는 사랑하였다. 그것이 나의 생활이었다'라고 말할 수 있는 사람이 되어라. 사랑은 진실로 천국의 문을 연다.

제3장

영혼으로 부르는 생명의 노래

운명은 뜻이 있는 자를 안내하고, 뜻이 없는 자를 질질 끌고 다닌다.

행운의 여신은 끊임없이 추구하는 자에게 미소짓는다.

마음의 기적

"인생의 모든 것은 마음 하나 먹기에 달렸습니다. 자기가 원하고 생각하는 것을 마음에 그려 그것을 조직화하고, 행동으로 옮기면 안 되는 일이 없습니다. 인간은 누구라도 자기가 되고 싶은 그런 사람이 될 수 있습니다. 다만 하나의 전제 조건이 있습니다. 그것은 바로 강한 신념과 시작이 뒤따라야 한다는 점입니다."

목사의 힘찬 설교가 교회당 안을 쩌렁쩌렁 울렸다. 백여 명에 달하는 신자들은 저마다 진지한 모습을 하고 설교에 귀를 기울이고 있었다.

"고통과 절망 속에 헛되이 인생을 보내지 마십시오. 밝고 원대한 꿈을 가지십시오. 그리고 그 꿈을 실현하기 위해 지금 당장 시작하십시오. 오늘 곧바로 시작하십시오!"

목사는 이 말을 거듭 강조하며 다른 주일의 설교보다 유독 길었던 설교를 끝마쳤다.

"인간은 누구나 자기가 원하는 사람이 될 수 있다고? 지금 당장 시작하란 말이렸다!"

이렇게 중얼거리며 교회당을 나서는 노인이 있었다. 60세의 월드 프레드릭이었다. 그는 살이 디룩디룩 쪄서 거동조차 불편한 고등학교 수위였다.

이날 집으로 돌아온 프레드릭 노인은 곧바로 달리기를 시작했다. 달리면서 날씬하고 건강한 자신의 모습을 상상했다. 그 모습은 상상만 해도 입이 찢어질 정도로 흐뭇한 일이었지만, 비대한 몸으로 달리기를 한다는 것은 여간 힘든 일이 아니었다. 겨우 백미터 정도를 달렸는데도 숨이 차고 몸이 무거워 도저히 달릴 수가 없었다.

그러나 프레드릭 노인은 결코 실망하지 않았다. 포기하지 않고 꾸준히 노력을 한다면 날씬하고 건강한 몸을 충분히 만들 수 있다고 생각했다.

"내일부터는 새벽 5시에 일어나서 달리기를 해야겠다."

유난히 아침 잠이 많은 그였다. 하지만 한번 결심한 일을 꼭 실천해보리라고 마음 먹고 자명종을 새벽 5시에 맞추었다. 5분만 더 잤으면 꼭 좋겠다는 생각이 들었다. 5분만 하는 잠의 유혹은 강렬한 것이었다. 오늘만 푹 자고 내일부터 시작하자는 생각이 드는 순간 자리를 박차고 일어났다.

"하루하루 미루면 죽을 때까지 미루게 된다! 이렇게 나약한 정신으로 무엇을 하겠다는 거야!"

자신을 질책하며 밖으로 나와 어두운 새벽의 상큼한 공기를 마시며 달렸다.

처음 한 달 동안은 무척이나 힘들었다. 매일 새벽 잠과의 전쟁을 해야 했다. 일어나기 싫을 때는 포기할까도 몇번이나 생각했다. 다 늙어서야 운동을 시작하는 자기 스스로가 우습게 생각되기도 했다.

"월드 프레드릭! 그 따위 생각으로 살았기에 오늘의 모습이 이렇단 말이다! 돼지같이 살이 찐 모습으로 계속 살아가기를 원한단 말이냐?"

그는 스스로를 채찍질하며 부정적인 생각을 털어내고 또 털어냈다. 그러면서 꾸준히 1년을 계속하자 하루에 2마일까지 달리게 되었다. 믿기지 않을 정도로 몸의 군살도 빠졌다. 그러자 몸놀림도 가벼워졌고, 스스로도 놀랄 만큼 건강해졌다. 주변 사람들도 경이에 찬 눈으로 그를 보았다.

"어머나! 몰라보게 변하셨군요. 어떻게 살을 빼셨어요?"

"살을 빼고 건강을 찾는 비결 좀 가르쳐 주세요."

"멋져요. 정말!"

주변 사람들로부터 이런 말을 들을 때마다 프레드릭은 우쭐해 졌다. 백번 생각해도 운동하기를 잘했다는 생각이 들었다.

"자기가 원하고 생각하는 것을 마음 속에 뚜렷하게 그리고, 그것을 행동으로 옮기면 안 되는 일은 결코 없다!"

이 말은 이때부터 프레드릭 노인의 좌우명이 되었다. 아침의 달리기가 습관이 되자 운동하는 것이 즐겁기 그지없었다. 그는 매일 자신과 경쟁을 했다. 조금씩 거리를 늘리고 속도를 빨리했다.

2년째는 8마일까지 달리게 되었고, 마침내 63세 때는 보스턴 마라톤대회까지 출전할 수 있게 되었다. 실로 이것은 기적과도 같은 일이 아닐 수 없었다. 젊은 건각들과 당당히 겨룰 수 있었다는 사실만으로 그는 화제의 인물이 되기에 충분했다. 많은 매스컴에서 취재 경쟁을 벌였다.

디룩디룩 살이 쪄서 몸을 놀리기도 불편했던 그는 3년만에 탄탄한 근육질의 멋진 몸매를 지니게 되었다. 그리고 크고 작은 마라톤대회에 나가 메달도 몇 개 따냈다.

64세 때 프레드릭은 마라톤대회에 출전하여 따낸 영광의 메달들을 흐뭇한 눈으로 바라보며 지난날을 회상했다.

"내가 젊었을 때 마음의 기적을 믿었더라면……."

혼잣말로 아쉬운 듯 중얼거리는 그의 얼굴이 갑자기 환하게 밝아졌다.

"그렇다! 마음의 기적을 많은 사람들에게 전파하자!"

프레드릭은 전국을 순회하며 정신 개조에 관한 강연을 하기로 결심했다. 생각이 여기에 미치자 즉시 강연 원고를 작성하고, 혼자서 연습을 했다. 뒷동산에 올라가서 나무들을 청중으로 여기고 목청껏 외쳤다. 얼마 동안 그렇게 하다가 어느 정도 자신이 붙자 공원으로 나가 외쳤다. 산책 나온 사람들이 그의 연설을 듣고 아낌없는 박수를 보내주었다.

"그렇지! 하면 되는 거야."

자신감을 얻은 프레드릭은 전국 순회 강연을 시작했다. 새로운 인생의 출발이었다. 의지가 박약하고 인생을 무절제하게 사는 사람들의 정신을 개조시켜 성공의 길로 인도하는 것은 참으로 가치있는 일이었다. 그는 수많은 청중 앞에서 '마음의 기적'에 대하여 사자후를 토해냈다.

"마음과 성공은 서로 함수관계가 있습니다. 성공을 갈망하는 마음은 인생의 성공을 가져오고, 실패를 생각하는 마음은 불행을 가져옵니다. 성경에는 겨자씨만한 믿음만 있으면 산을 움직일 수 있다는 말이 기록되어 있습니다. 그 말은 사실입니다. 이 사람을 보십시오. 지난날 이 사람은 생각이 천박했고, 몸은 돼지처럼 살이 쪄서 거동조차 불편했습니다. 불과 4년 전의 일입니다. 그런데 마음의 기적을 믿고 실천한 결과 지금의 이 모습으로 변했습니다. 믿음의 힘은 말로 형용할 수 없을 만큼 강합니다. 꿈을 가지십시오. 그리고 그 꿈의 실현을 위해 전심전력을 쏟으십시오. 그러면 이뤄지는 것입니다."

프레드릭 노인의 강연은 날이 갈수록 성황을 이뤘다. 강연장 입구에는 항상 돼지처럼 디룩디룩 살찐 지난날의 대형 사진이 걸려 있었다. 마음만 먹으면 사람들이 이렇게 변할 수도 있다는 것을 보여주려는 배려였다.

＊

사고가 바뀌면 행동이 바뀌고, 행동이 바뀌면 습관이 바뀌고, 습관이 바뀌면 성격이 바뀌고, 성격이 바뀌면 운명이 바뀐다.

기회는 준비하는 자의 것이다

한 청년이 일자리를 구하기 위해 거리를 떠돌고 있었다. 그러던 중 우연히 유명한 건설회사 회장이 길가에 서 있는 것을 보았다. 회장은 자기 회사에서 건설 중인 높은 건물을 둘러보고 있던 참이었다.

'내가 언제 저런 분을 뵐 수 있겠는가? 이것도 기회이니 한 말씀 듣는 것이 좋겠다.'

청년은 용기를 내서 다가가 공손히 인사를 했다.

"안녕하십니까, 회장님."

"누군가?"

백발의 회장은 의아하다는 듯이 청년의 행색을 살폈다.

"예, 저는 지나가다가 우연히 회장님을 보게 되었습니다. 제 인생의 교훈이 될 만한 좋은 말씀을 듣고자 실례를 무릅쓰고 이렇게 왔습니다. 한 말씀 들려 주시면 고맙겠습니다."

"그래?"

회장은 맹랑한 놈을 만났다는 표정을 지으며 말을 이었

다.

"막연히 그러면 무슨 말을 하겠나? 자네가 묻고 싶은 말이 있으면 해보게. 내가 대답해주겠네."

청년은 서슴없이 입을 열었다.

"저도 회장님처럼 성공하고 싶습니다. 어떻게 하면 성공할 수 있는지 그 비결을 말씀해 주십시오."

회장은 다정한 미소를 입가에 지으며 이렇게 말했다.

"젊은 친구, 지금 당장 빨간 셔츠로 갈아입고 미친 듯이 일하게, 그러면 되네."

"예? 빨간 셔츠를 입으라니요?"

청년은 회장의 말을 이해하지 못하고 어리둥절한 표정을 지으며 반문했다.

그러자 회장은 건축 중인 건물의 한쪽을 손가락으로 가리켰다. 거기에는 빨간셔츠를 입은 사내가 열심히 일하고 있었다.

"저기, 저 위에서 일하는 사람을 보게. 무슨 옷을 입고 있는가?"

"빨간 셔츠를 입고 있습니다."

"그래, 그렇네. 나는 저 사람의 이름도 모르네. 하지만 그가 매우 열심히 일하고 있다는 사실을 오늘 이곳에 와서 보고 알았네. 나는 얼마 있으면 다른 곳의 공사를 해야하기 때문에 새 감독자가 필요하네. 그땐 저 친구에게 가서 이렇게 말할 생각이네. '빨간 셔츠, 이리 좀 오게나'라고 말일세. 그러면 빨간 셔츠는 기회를 얻게 되는 것이지. 내가 감독으로 승진시킬 테니까 말일세. 젊은 친구, 열심히 일하면 자기도 모르는 사이에 기회가 돌아오게 된다네. 무릇 기회란 그런 것이네. 준비하는 사람만이 잡을 수 있어. 쉽게 말해서 지금 자네가 축구경기를 한다고 생각해보게나. 자네에게 슛 찬스가 왔다고 해서 단번에 골인시킬 수는 없을 걸세. 평소에 골로 성공시키는 연습을 하지 않았기 때문이지. 내놓아라 하는 축구선수들도 시합에서 한 골을 성공시키기 위해 수천 번의 연습 골을 성공시켰던 것일세. 젊은 친구, 내 말 뜻을 알아 듣겠나?"

노회장의 말을 들은 청년은 힘차게 고개를 끄덕이며 감사의 인사를 했다.

사람은 기회가 오는 것을 기다릴 것이 아니라 몸소 그것을 만들지 않으면 안 된다.

<F. 베이컨>

꽃은 암흑의 순간에 자라난다

"쿨럭, 쿨럭……."

내장을 뒤집어 엎을 듯한 기침이 터져 나왔다. 몹시 몸이 여위고 얼굴이 창백한 젊은 남자가 한 손으로 연방 기침이 터지는 입을 틀어막고, 다른 한 손으로는 오선지에 음표를 그려나가고 있었다. 음표를 하나하나 그려 나갈 때마다 어김없이 기침이 터졌다.

얄밉게도 심장을 떨게 하는 재채기는 오랜 친구처럼 그를 따라다녔다. 마이너에 이르면 단조의 슬픈 음계처럼 기침도 처량하게 흐르고, 메이저(장조)에 이르면 또 다른 분위기의 재채기가 흘러나왔다.

이른 아침, 풀잎 위에 맺힌 맑은 이슬이 또르르 구르는 듯한 선율의 야상곡 등을 작곡한 프레테리크 쇼팽의 생애는, 그 음처럼 맑고 투명하지는 못했다. 그는 한창 젊은 나이에, 그 당시로서는 죽음에 이르는 병인 폐결핵에 걸려 있었다.

오선지와 피아노 위를 오가는 그의 가느다란 손가락은

거침없이 터져 나오는 기침에 어쩔 줄 몰랐다. 그러나 그는 폐결핵에 걸린 자신을 한탄하지 않았다. 단지 폐결핵이 불편함을 줄 뿐이라며 담담하였다.

제국주의 열강들이 날뛰던 시대, 그의 사랑하는 조국 폴란드는 그의 운명만큼이나 순탄하지 못했다. 그의 조국이 전쟁에 휩싸였을 때, 그의 친구들은 모두 군대에 들어갔다. 그러나 너무나도 약질인 쇼팽은 조국을 위해 총을 들 수 없었다.

1830년 10월 11일, 바르샤바 국립극장에서 프레데리크 쇼팽의 고별 음악회가 열렸다. 쇼팽의 손이 건반 위를 달리는 순간 연주회장은 쥐 죽은 듯이 조용해졌다. 숨소리 하나 들리지 않을 정도로 조용한 연주회장은 피아노 선율에 따라 서서히 긴장되어 갔다. 곡은 쇼팽의 손놀림에 따라 끊일 듯 이어지고, 때로는 자지러지는 듯 흐느끼다 거센 풍랑을 만난 듯 힘차게 울리기도 하였다. 청중들의 숨소리도 곡의 선율에 따라 높아졌다 낮아지곤 하였다.

쇼팽이 마지막 소절을 힘차게 울리자 연주는 끝났다. 청중들은 그 황홀한 선율에 넋을 잃고 있다가, 곡이 끝난 한참 뒤에야 우뢰와 같은 박수를 보냈다.

고별 음악회가 끝난 후 쇼팽은 조국을 떠났다. 떠나기에 앞서 그를 사랑하는 사람들과 아쉬운 작별을 나누고 있는데, 한 친구가 그에게 가깝게 다가서며 엄숙히 말했다.

"프레데리크, 음악으로 조국의 이름을 빛내는 것은 총을 들고 싸우는 것보다 더욱 위대하다. 오늘 이렇게 조국을 떠나더라도 언제나 폴란드의 음악가라는 것을 잊지 말아다오. 그리고 어디를 가나 이것을 지니고 조국 폴란드를 잊지 말기를 바란다."

그 친구는 폴란드의 흙이 담긴 은잔을 쇼팽에게 건넸다. 쇼팽은 그것을 받고 뜨거운 눈물을 줄줄 흘렸다.

"고맙네. 나는 영원히 나의 조국 폴란드를 잊지 않을 것이네. 그리고 이 흙은 죽는 날 무덤까지 가지고 가겠네."

눈물로 폴란드를 떠난 쇼팽은 여러 나라를 다니며 연주 여행을 하다가 1831년 프랑스 파리에 도착했다. 이 때 바르샤바가 함락되었다는 소식을 듣고 '혁명'이라는 제목의 격정적인 곡을 작곡하였다. 작곡과 연주, 그리고 교사 생활 등을 하면서 음악에 대한 열정을 불태우던 그의 병세는 날로 악화되기만 했다.

"프레데리크, 아무래도 자넨 요양을 해야겠네. 지금처럼 이렇게 무리를 하다가는 얼마 못 가서 큰 변을 당하고야 말겠네."

"그래, 우선 병을 고치는 것이 좋겠네. 음악도 좋지만 건강도 돌보면서 해야 하지 않겠나? 내가 한번 요양할 장소를 알아보겠네."

그를 아끼는 사람들의 권고로 마조르카 섬으로 요양을 갔다. 그러나 그것도 잠깐 동안이었다. 마조르카 섬 위생 당국은 폐결핵에 걸린 그에게 강제 퇴거를 명했다.

쇼팽은 어쩔 수 없이 파리로 돌아왔지만, 절망하지 않았다. 깊어가는 자신의 병세와 암담한 주변의 환경에 개의치 않고 작품 창작에 혼신의 힘을 기울였다. 간간이 의사들의 진찰을 받았다. 의사들은 한결같이 그의 죽음을 예고했다.

"너무 늦었군요. 어쩔 수 없습니다. 죽음에 대한 예비를 하도록 하십시오."

"지금 우리들의 의학 기술로는 선생의 병을 치료할 방법이 없습니다. 마음의 준비를 해두십시오."

죽음을 언도하는 의사들의 냉엄하고 절망적인 말에도 쇼팽은 의연한 자세를 흩뜨리지 않았다. 다만 자신의 비망록에 이렇게 쓸 뿐이었다.

"모든 의사들은 내가 오래지 않아 죽을 것이라고 말하고 있다. 그들의 말은 틀리지 않을 것이다. 하지만 목숨이 끊어지는 그 순간까지 내가 해야 할 일을 하리라!"

신문지상에서는 여러 번에 걸쳐서 그의 죽음을 보도했다. 죽음이 바로 코 앞에까지 다가온 몸이면서도 쇼팽은 자기의 죽음에 대한 농담을 하여 주변사람들을 웃게 만들었다. 생사의 경계를 완전히 초월한 그의 의연한 자세는 많은 사람들에게 감명을 주기에 충분했다.

쇼팽은 시나브로 생명이 꺼져가는 그 때 54곡의 마주르카(폴란드의 민속춤곡)와 11곡의 폴로네즈(폴란드의 춤곡), 그리고 17곡의 폴란드 가곡을 작곡해냈다. 환상곡, 왈츠, 전주곡, 발라드 등은 피골이 상접한 쇼팽이 자기 생명의 조수가 빠져나가는 것을 하루하루 실감나게 느끼면서 써낸 불후의 명곡들이다. 그는 죽는 순간까지 음악을 통해 사랑하는 조국 폴란드의 정신을 통일시켰으며, 동포들의 가슴에 애국심을 고취시켰다.

피아노의 시인 프레데리크 쇼팽은 결국 39세의 일기를 끝으로 세상을 떠났다. 그러나 그의 이름은 지금처럼 앞으로도 영원히 빛날 것이다.

인간의 정신은 위대하다. 일을 얼마나 많이 성취할 수 있느냐를 결정하는 것은 외부적인 환경이 아니라 내부에 있는 인간의 정신이다.

부자와 읍파

두 딸을 가진 부자가 있었다. 그런데 맏딸이 병으로 죽었으므로 대신 울어주는 읍파를 샀다. 읍파들이 가슴을 치고 소리소리 지르며 슬피 우는 것을 본 둘째딸이 아버지에게 말했다.

"정말 슬픈 우리는 울지 않고, 아무 관계없는 여자들이 슬피 우는 것을 보면 안 됐어요!"

그러자 아버지는 말했다.

"읍파는 우는 것이 직업이란다. 슬퍼서가 아니라 돈 때문에 하는 즐거운 짓이야!"

혼히 오늘의 사회를 황금 만능의 사회라고들 한다. 돈으로 많은 것을 할 수 있고, 하다못해 다른 사람의 불행까지도 떠맡을 수 있기에 파생된 말이리라.

그러나 우리 인간에게 있어서 돈은 수단의 하나이지 목적은 결코 될 수 없다. 인간답다고 하는 것은 돈에 지배되지 않고 돈을 지배하는 일이다.

인간은 지상에서 가장 지혜롭고 현명하고 강하다. 《성서》의 창세기에 의하면 신은 인간이 지상을 보다 낫게 만들라고 세계를 인간에게 부여해 준 것으로 되어 있다.

돈은 인간보다 아래에 놓여 있는 것이다. 그러나 이 세상에는 그렇게 생각하지 않는 사람이 너무나도 많다.

또한 다른 편에서는 돈을 필요 이상으로 천하게 여기고 있는 사람도 있다. 전자도 후자도 모두 그릇된 것이다. 돈은 사용법이 좋으면 좋은 것으로 되고 사용법이 나쁘면 나쁜 것으로 된다. 다만 그뿐인 것이다.

돈을 사용하는 사람에 따라 무자비한 주인이 되기도 하고 유익한 종이 되기도 한다.

행복한 사람

어느 마을에 물방앗간을 가진 사람이 있었다. 날마다 아침부터 저녁 늦도록 힘들게 일했지만, 마냥 즐거운 표정을 잃지 않았고 즐거움에 겨워 노래를 불렀다.

나는 그 누구도 부럽지 않아
정말 그 누구도 부럽지 않아
지금의 생활에 만족하니까.
나는 그 누구도 부럽지 않아
나라 임금님도 부럽지 않아
내게는 행복이 있으니까.

어느 날도 신나게 노래를 부르며 일을 하는데 누군가가 밖에서 불렀다. 물방앗간 주인은 하던 일을 멈추고 밖으로 나갔다가 깜짝 놀랐다. 왜냐하면 밖에는 수많은 부하를 거느린 임금님이 있었기 때문이었다.

"노랫소리가 좋아 지나가던 길을 멈추었소."

물방앗간 주인이 몹시 놀라는 것을 보고 임금님은 부드럽게 미소지으며 말했다.

"황공하옵니다."

물방앗간 주인이 공손히 머리를 조아리자 임금님이 다시 말했다.

"그대에게 한 마디 묻겠으니 거리낌없이 말해 주오."

"예, 무슨 말씀이든지 하시옵소서, 바른 대로 아뢰겠습니다."

"그대가 세상을 그처럼 즐겁게 사는 비결은 무엇이오?"

"전하, 실은 비결이랄게 특별히 없습니다. 다만 제가 해야 할 일을 즐거운 마음으로 하고 있는 것뿐입니다."

임금님은 그 말을 들으며 잠시 생각에 잠겼다가 중얼거렸다.

"정말, 그의 노래처럼 행복한 사람이군."

행복과 불행은 스스로의 마음에서 결정된다. 어려운 상황 속에서도 나름대로 행복을 느끼는 사람이 있는가 하면, 남보다 좋은 조건 속에서도 스스로 불행하다고 여기는 사람도 있다.

인간이 행복하게 되려면 정신을 상쾌하게 유지시키는 일이 첫째 조건이다.

녹색 안경을 쓰고 바라보면 세계 전체가 녹색으로 보이

는 것과 같이 상쾌한 마음으로 인생을 바라보면 모든 것이 즐겁고 기쁘게 보이는 것이다.

결국 이 세상은 마음먹기에 따라 좌우되는 것이다.

몰 두

뉴턴은 소년 시절부터 수학을 좋아했다. 그가 수학을 얼마나 좋아했느냐 하는 것은 길게 설명 할 것도 없다. 한번 계산을 시작하면 그것에 몰두해서 다른 생각을 할 수 없을 정도였다.

어느 날 교실에서 뉴턴이 계산에 열중하고 있는데 장난꾸러기 친구가 그의 도시락을 먹어버렸다. 어느덧 계산을 끝낸 뉴턴이 도시락을 먹으려고 열어보니 속이 비어 있었다.

도시락을 한참 들여다보던 뉴턴이 다음과 같이 혼잣말을 뇌까렸다.

"아참, 너무 계산에 정신이 팔려서 아까 먹은 것을 잊고 있었구나."

어느 철학자가 친구 아버지 환갑잔치에 가서 거나하게

한 상 얻어먹은 후에 말했다.
"자네 아버님 연세가 어떻게 되셨지?"

아아! 베토벤

어느 날 오후 허름한 옷차림의 사나이가 빈의 어느 레스
토랑에 들어섰다 사나이는 머리털을 곤두세우고 입을 굳게
다문 채 구차한 표정을 하고 있었는데, 몹시 피로한 듯 들
어서자마자 의자에 푹 파묻혀 앉았다.

그리고는 잠시 후 그는 갑자기 고개를 들더니 옆에 놓여
있는 메뉴판을 들어 그 뒤에 음표를 적기 시작했다. 10분,
20분……, 1시간……, 너무도 오랫동안 그렇게 앉아 있는
그를 보고 웨이트레스가 그의 옆으로 다가와,

"여보세요, 손님."
하고 그를 불렀다. 그러자 깜짝 놀란 듯 고개를 들더니,

"아아! 미안. 정말 미안! 값은 얼마지요?"
라고 말하며 호주머니에서 지갑을 꺼내는 것이었다. 웨이
트레스는 웃으면서,

"손님, 손님은 아직 아무 것도 잡수시지 않았는데요."
라고 말했다. 그러자 그는 그제서야 고개를 들고,

"아 그랬던가. 아무것이나 좋아. 무엇이든 가져와요."

라고 말하고는 다시 음표를 적는 일을 계속하는 것이었다.

"참으로 멋진 손님인데요."

웨이트레스가 재미있다는 듯 지배인의 귀에 대고 속삭이자, 지배인이 말했다.

"맞다, 네 말이. 저 분이 누군 줄 알고 하는 말인가? 저 분이 바로 유명한 베토벤 선생이란 말이야"

인간의 가장 아름다운 모습은 자신의 일에 몰두해 있는 모습이다. 가장 훌륭한 작품은 광기어린 무아경 속에서 태어난다.

만족하는 마음

날마다 신령님께 소원을 비는 사내가 있었다. 그 사내는 무슨 일이든 그저 불평 불만을 늘어놓으며 신령님이 잘 해결해 주기만을 빌었는데 날마다 다른 소원을 빌었다.

신령님은 난처했다. 그 남자의 소원을 한 번이라도 들어주게되면 그 사람은 더욱 신이 나서 끝도 없이 소원을 빌 것이고, 무시해 버리자니 자기에게 소원을 비는 사람이라 모른 체하기가 마음 편치 않았던 것이다.

그래서 하루는 신령님이 그 사내의 꿈에 나타나서 말했다.

"무엇이든지 세 가지 소원을 들어주마. 그리고 나서는 아무것도 해주지 않을 것이니 신중하게 생각해서 세 가지만 청하도록 해라."

그 사내는 몹시 기뻐하며 무슨 소원을 빌까 곰곰이 생각했다. 그런데 마침 그때는 부인과 부부싸움을 하고 난 직후였다. 그래서 사내는 문득 더 좋은 여자와 결혼을 할 수 있었으면 좋겠다고 생각하고 신령님에게 자기 아내를 죽게

해 달라고 빌었다.

소원은 곧 성취되어 아내는 죽었고, 친척과 이웃 사람들이 모여서 장례를 치르게 되었다.

사람들은 저마다 눈물을 흘리며 슬퍼했다.

"원 세상에, 이렇게 갑자기 죽다니! 생전에 더할 수 없이 마음씨 곱고 상냥하던 사람이었는데……."

"이 동네에서 가장 예의 바르고 부지런한 사람이었지요."

"생김새는 얼마나 예뻤고요. 이런 여자는 아마도 다시 없을 겁니다."

사람들은 입을 모아 죽은 사람을 칭찬하며 아까워했다.

그제서야 사내는 자기가 뭔가 잘못 생각했다는 것을 깨달았다. 잠깐 동안의 실수로 훌륭한 아내를 잃게 되었다고 생각하니 말할 수 없을 만큼 후회가 되었다. 죽은 아내보다 더 좋은 여자를 만난다 해도 어쩐지 행복해질 것 같지가 않았던 것이다.

그래서 사내는 부랴부랴 신령님께 소원을 빌었는데, 이번에는 죽은 아내를 다시 살려달라는 것이었다. 소원대로 아내는 다시 살아났다.

이제 소원을 빌 수 있는 기회라고는 딱 한 번밖에 남지 않게 되었다. 또 실수하여 엉뚱한 소원을 빈다면 이번에는 바로잡을 기회조차 없었다.

사내는 가장 좋은 소원을 빌기 위해서 생각에 생각을 거듭했다.

먼저 오래 사는 일을 빌까 생각했으나 건강하지 못하다면 오래 사는 일도 아무런 의미가 없을 것 같았다. 그래서 늘 건강하게 해 달라고 할까도 생각했으나, 건강해도 가난하게 산다면 재미있을 것 같지가 않았다. 돈이 많아도 좋겠지만 돈만 많고 친구가 없다면 무슨 소용일까 생각되어 뭔가 한 가지를 결정할 수가 없었다.

생각하는 동안에 많은 세월이 흘러갔다. 그러나 남자는 아직도 어느 하나를 결정할 수가 없었다.

마침내 생각만으로 지쳐버린 남자는 신령님에게 빌었다.

"신령님, 제가 신령님께 무엇을 청해야 할지를 알려 주십시오."

소원을 들은 신령님은 딱하다는 듯이 웃으며 말했다.

"앞으로는 모든 일에 만족할 줄 아는 마음을 가지도록 해라."

인간은 행복의 절정에 있다 하더라도 고난의 밑바닥으로 떨어지는 데는 일순(一瞬)밖에 걸리지 않는다. 그러나 불행한 인간이 행복을 얻기 위해서는 일생이 걸릴는지도 모른다.

인간의 욕망은 끝이 없기 때문에 웬만해서는 만족감을 쉽사리 얻지 못하는 슬픈 특성을 가지고 있는 것이다.

재수 좋은 여자

나의 아내는 이 세상에서 가장 재수가 좋은 여자 가운데 하나다. 내 말이 믿기지 않는 사람은 아내의 친구들에게 물어보라. 지난 여름 아내는 바위에 걸려 넘어져서 팔목이 부러졌다. 이런 일을 당하면 사람들은 대개 재수가 없었던 걸로 생각한다. 그런데 아내의 경우에는 모든 일이 참 잘된 일로 판명되곤 한다.

아내가 다치고 나서 이튿날 내가 친구와 주고받은 대화는 이런 것이었다.

"우리 집 사람, 팔목이 부러졌어."

"오른쪽 팔목인가, 왼쪽 팔목인가?"

친구가 물었다.

"왼쪽일세."

"왼쪽을 다쳤으니 자네 부인은 운이 좋은 걸세. 오른쪽 팔목이 부러졌다면 지금보다 갑절은 더 불편했을 게 아닌가?"

또 다른 친구는 아내가 넘어졌을 때 앞으로 넘어졌는지,

뒤로 넘어졌는지 알고 싶어했다.

"글세, 확실히 모르겠는데…… 그런데 그게 문제가 되나?"

"문제가 되구말구. 만일 앞으로 넘어졌다면 그건 대단히 운이 좋은 걸세. 뒤로 쓰러졌다면 허리를 다쳤을 테니까 말일세. 자네 부인은 넘어지면서 팔로 땅을 짚었으니까 코를 다치지 않은 걸세."

옆집에 사는 사람이 말했다.

"부인께서 낙상을 하셨다면서요?"

"예, 팔목을 부러뜨렸지요."

"엉덩이를 다치지 않은 게 다행이죠. 어떤 여자들은 행운을 타고나지요. 뼈가 부러지더라도 적당한 장소에서 적당한 시간에 부러지거든요."

"어떻게 그럴 수 있죠?"

"뼈가 부러지더라도 정형외과 의사가 가까이 있는 곳에서, 또 그가 골프장 같은 데 나가 있지 않을 때 부러져야 한단 말입니다."

"우리 단골 의사는 낚시하러 가지도 않았던걸요."

"그렇다면 부인께서는 정말 운이 좋은 분입니다. 부인께서 그걸 알기나 하시는지 모르겠어요."

"알구 말구요. 그 사람은 넘어질 때마다 그걸 축복이라고 생각하지요."

어떤 것이 큰 불행이고, 또 어떤 것이 큰 행복인가? 본시 행복과 불행은 그 크기가 미리 정해져 있는 것은 아니다. 다만 그것을 받아들이는 사람의 마음에 따라서 작은 것도 커지고 큰 것도 작아질 수 있는 것이다. 가장 현명한 사람은 큰 불행도 작게 처리해 버리며, 어리석은 사람은 조그마한 불행도 크게 확대해서 스스로 큰 고민 속에 빠진다.

<라 로슈푸코>

링컨의 선물

링컨이 대통령이 된 지 얼마 뒤, 실력도 없으면서 외교
관이 되겠다고 날마다 백악관을 찾아와서는 대통령에게 졸
라대는 한 신사가 있었다.

이 사나이를 달래서 돌려보내기에 지친 링컨은 어느 날,
그 외교관 지망생에게 물었다.

"스페인 말을 할 줄 아시오?"

"거의 못합니다. 하지만 지금부터 배우기 시작하면 얼마
안 가서 곧 유창한 스페인 어를 사용할 수 있게 될 것입니
다, 각하."하고 자신있게 대답하자 링컨은 이렇게 말했다.

"그래요? 그럼 스페인 어를 마스터한 다음 다시 오시지
요. 내가 좋은 선물을 하나 줄 테니."

좋은 선물을 주겠다는 대통령의 말에 이 사나이는,

'옳지, 드디어 대통령께서 나를 스페인 대사로 임명하려
는가 보다.'

이렇게 생각하고 기쁜 마음으로 돌아갔다.

6개월 후, 외교관 지망생은 다시 대통령을 찾아와 서툰

스페인어로 인사를 한 다음 대통령의 선물을 기다렸다.

그러나 링컨이 준 선물은 스페인 대사 임명장이 아니라 소설 《돈키호테》의 스페인 원서(原書)였다.

사람들은 운이나 요행을 지나치게 바라는데, 그러나 운과 요행을 기다리는 사람에게 운이 찾아온 일은 없고 요행이 찾아온 일도 없다.

나무가 자라려면 먼저 땅 속에 뿌리를 내리고, 그 후에 땅 밖으로 뻗는다. 사람도 그 뜻한 바를 이루려면, 자신의 내부에서 먼저 실력을 키워 두어야 한다. 평소에 실력을 키워 둔 사람은 초목의 뿌리가 따뜻한 봄볕을 만나 생기를 얻어 무럭무럭 자라듯, 어떤 기회를 만나면 홀연 두각을 나타내게 된다. 뿌리 없는 나무는 따스한 봄볕도 소용없는 것이다.

<채근담>

독수리 아닌 독수리

어떤 사람이 숲에 갔다가 독수리 알 하나를 발견했다. 그는 그 알을 집으로 가져와서 닭이 품고 있는 달걀 속에 넣어 두었는데, 닭은 그 알을 달걀과 함께 품었다.

얼마가 지난 후 병아리들이 알을 깨고 나왔다. 독수리 알에서는 독수리가 나왔다.

그러나 그 독수리는 자기가 독수리라는 것을 알지 못했으므로 닭 흉내를 내며 닭들과 함께 자랐다. 부리로 땅에 있는 벌레를 잡아먹는가 하면, 어색하지만 '꼬끼오!'하고 울기도 했다. 그리고 큰 날개를 푸드덕거리는 것까지 닭의 날갯짓을 닮아갔다. 물론 물에 비친 모습을 보며 자기의 생김새가 다른 닭들과 많이 다르다는 생각을 했지만, 그 이유에 대해서는 조금도 생각하지 않았다.

독수리는 한평생 자신을 닭이라고만 생각했다.

독수리가 매우 늙었을 때의 어느 날이었다. 닭장에서 무심코 하늘을 바라보니, 멀리 구름 한 점 없는 하늘에 큰 새 한 마리가 유유히 떠돌고 있었다 그 새는 넓은 날개를

펼친 채, 아름답고도 위풍당당한 자세로 하늘을 선회하고 있었다

"오, 멋진 분이시다! 저 분은 누구일까?"

늙은 독수리가 그것을 보며 혼잣말을 하자, 곁에 있던 닭이 의기양양하게 말했다.

"저 분도 모른단 말이니? 저 분은 새 중의 왕이신 독수리님이셔. 하긴 너처럼 못생긴 닭하고는 비교도 안되는 분이시지만."

만약 늙은 독수리가 전에 단 한 번이라도 자기의 모습에 대해서 생각해 보고 의심을 품어 보았다면, 그 독수리를 본 순간 진실을 깨달았을지도 모른다. 그러나 늙은 독수리는 자기 자신과 그 독수리를 비교할 엄두조차 내지 못했다. 그리고 죽을 때까지 자신을 닭이라고 여겼다.

본시 왕자로 귀하게 태어난 몸인데 잘못되어 거지 신세가 된 사람이 있다. 그가 만약 자기 본래의 신분을 알았다면, 그는 왕자로서의 긍지를 가지고 왕자답게 인격을 가지려고 할 것이다. 이 옛날 얘기 속의 왕자는 아마 당신 자신인지도 모른다. 당신은 지금 자기 가치를 스스로 낮추고 있지만, 사실은 지금의 몇 배, 몇십 배 훌륭히 될 수 있는 사람인지도 모른다. 분발하라! 분발하지 않고는 아무도 높이 될 수는 없다.

<알랭>

거 울

    가난한 농부가 근심이 가득한 표정으로 수도승을 찾아왔다.

    "스님, 부탁이 있습니다. 저의 가장 친한 친구가 있습니다. 벌써 40년 동안이나 사귀는 사이랍니다. 함께 학교에 다녔고, 같은 여자를 좋아했으며 함께 먹고, 같이 마시며, 함께 들과 산을 다니는 등 무엇이든 함께 행동을 해왔습니다. 그런데 그 친구가 막대한 유산을 물려받은 다음부터는 사람이 아주 변해버렸습니다. 이제 길에서 만나도 인사는 고사하고 저 따위는 전연 모르겠다는 태도로 지나치곤 합니다. 그런 일이 있을 수 있는 일입니까?"

    수도승은 잠시 동안 수염을 쓰다듬은 다음에 말했다.

    "이리로 와서 창 밖을 내다보시오. 무엇이 보이나요?"

    "나무가 보입니다. 그 뒤로 나무가 또 하나 보입니다. 어린이가 놀고 있습니다. 사나이가 무슨 일을 하고 있습니다. 저쪽에서 마차가 한 대 달려오고 있습니다."

    "그래요! 그럼 이번에는 이 거울 앞에 와서 들여다보시오. 무엇이 보이나요?"

"저밖에 안 보이는데요."

그러자 수도승이 말했다.

"바로 그런 것과 마찬가지라오. 인간이란 돈이 없을 때에는 창문 유리와 같아서 무엇이나 보이지요. 그런데 돈이 좀 생기게되면 유리 뒤에 수은을 칠한 것같이 되는 까닭에 이미 자기밖에 보이지 않게 되는 것이라오."

돈은 오랫동안 금, 은, 동, 구리 등으로 만들어져 있었기 때문에 원래 차디찬 것이었다. 한여름에도 금속의 차가운 냉기가 도는 것이 돈이다.

그러나 가난한 자는 돈을 얼마 가지고 있지 않기 때문에 줄곧 손에 꼭 쥐고 있어 동전에 인간의 따뜻함을 전한다.

부자는 금고나 은행에 사용하지 않는 돈을 잔뜩 저장해 둔다. 그래서 사람들에게 좀처럼 닿을 기회가 없으므로 돈 자체의 차가움을 그대로 간직하고 있다. 대체적으로 부자가 차갑고 인색한 것은 그 때문이다.

사고의 차이

어느 신발회사에서 아프리카의 미개한 나라를 상대로 신발 수출 계획을 세웠다.

회사에서는 일차적인 시장조사를 위해서 두 조사원을 각각 아프리카에 보냈다. 먼저 조사를 마치고 돌아온 사람이 보고했다.

"그 나라에 신발을 수출하겠다는 생각 자체가 잘못된 것이었습니다. 그것은 불가능한 일입니다. 왜냐하면 그 나라 사람들은 아무도 신발을 신지 않기 때문입니다."

그 말을 들은 회사의 간부들은 수출 계획을 포기해야겠다고 생각했다.

그때 같이 조사를 갔던 또 다른 사람이 도착했다. 그는 희망에 부푼 얼굴로 말했다.

"그 나라에 신발을 수출한다는 것은 기가 막히게 좋은 생각입니다. 그곳의 신발 시장은 무궁무진합니다. 왜냐하면 그곳 사람들은 아무도 신발을 신고 있지 않기 때문입니다. 그 많은 사람들이 신발을 신기 시작한다면, 우리의 상품은 날개 돋친 듯이 팔릴 것입니다."

　회사의 간부들은 환성과 함께 큰 박수로 그 사람을 칭찬
했다.

　어떤 상황에서고 불행해하는 사람들이 있다.

　그 사람들의 의식 속에는 모든 것을 불행으로 바꾸어 버
리는 습성이 들어 있다.

　그들에게 장미꽃이 얼마나 아름다우냐고 물으면 그들은
곧바로 장미의 가시에 대해 한탄을 늘어놓는다.

　똑같은 것을 긍정적인 관점으로 볼 수 있다. 그때 부정
적인 것이 긍정적인 것으로 바뀐다. 그때 이렇게 많은 가
시 속에 저토록 아름다운 꽃이 피어날 수 있는 것은 기적
이라고 감탄하게 된다.

<바바하리다스>

거미와 모기와 광인(狂人)

평소에 다윗 왕은 세상에서 가장 쓸모가 없는 것으로, 장소를 가리지 않고 아무 곳에나 함부로 거미줄을 치는 거미와 모기, 미치광이라고 생각하고 있었다.

그런데 어떤 전쟁에서 적군에게 포위되어 탈출할 방도를 찾지 못하던 왕은 궁여지책으로 어느 동굴 속으로 몸을 피했다. 그런데 그 동굴 입구에는 마침 한 마리의 거미가 거미줄을 치고 있었다. 얼마 후 동굴 앞에까지 추격해 온 적군의 병사들은 입구에 거미줄이 쳐 있는 것을 보고 그대로 되돌아가고 말았다.

또 하루는 다윗 왕이 적군의 장군이 잠자고 있는 방으로 몰래 들어가 그의 칼을 훔쳐 온 다음 이튿날이 되었을 때,

'나는 당신의 칼을 가져왔을 정도이니 마음만 먹었다면 당신쯤 죽이는 것은 힘들 것이 없었소.'

라고 말을 하며 생명의 은인임을 자처하며 적장의 마음을 돌려야겠다고 계획했다.

그러나 그런 기회가 좀처럼 찾아오지 않았다. 그러던 중

어느 날 밤 적장의 침실까지 잠입해 들어가 보니, 적장은 발 밑에 칼을 깔고 있어 도저히 빼낼 수가 없었다. 마침내 다윗 왕은 계획을 단념하고 돌아가려 했다.

바로 그때였다. 모기 한 마리가 날아와선 적장의 발 위에 앉았다. 그러자 적장은 무의식중에 발을 움직였다. 순간 다윗 왕은 찰나를 이용해서 칼을 훔치는데 성공했다.

언젠가 또 다윗 왕이 적군에게 포위되어 위급한 사태에 처했다. 왕은 갑자기 미치광이 흉내를 냈다. 적군의 병사들은 설마하니 이 미치광이가 다윗 왕일 것이라고는 생각지를 못하고 지나가 버렸다.

세상의 그 무엇이건 쓸모 없는 것은 없다.

한 마리의 개미가 한 알의 보리를 물고 담벼락을 오르다가 예순아홉 번을 떨어지더니, 일흔번째에 목적을 달성하는 것을 보고 용기를 회복하여, 드디어 적과 싸워 이긴 옛날의 영웅의 이야기가 있는데, 이것은 천고에 걸쳐서 변치 않는 성공의 열쇠이다.

<스코트>

당신에게 참다운 친구가 있나

현대 철학의 태두(泰斗) 존 매클데이가 제출하는 25개의 질문을 가지고 '나에게 과연 진실한 친구가 있는 것일까?'를 깊이 생각해 보자.

당신에게

① 한 푼도 없이 경찰에 억류되어 있을 때 즉석에서 몇만 원을 내주고 도와주러 올 친구가 있나?

② 결혼 이외의 연애 문제에 대하여 안심하고 상담할 만한 친구가 있나?

③ 인생 사회에 있어서 모든 문제에 대하여 즐겁게 의논할 수 있는 친구가 있나?

④ 혹 당신의 친구가 100억 원의 재산을 모았다 해도 전과 다름없이 교제할 만한 친구가 있나?

⑤ 언제나 부담없이 가서 저녁밥을 먹을 만한 친구가 있나?

⑥ 당신이 충고해도 결코 기분을 상하지 않는 친구가 있나?

⑦ 10일 정도 당신의 아기를 기쁘게 맡아줄 만한 친구가 있나?

⑧ 아무리 훌륭한 사람에게라도 조금도 부끄러워하지 않고 소개할 만한 친구가 있나?

⑨ 당신의 비밀을 절대로 지켜줄 만한 친구가 있나?

⑩ 당신이 무슨 짓을 하더라도 흉보거나 경멸하지 않을 친구가 있나?

⑪ 별다른 이야기를 하지 않더라도 그저 같이 있는 것만으로 즐겁게 생각하는 친구가 있나?

⑫ 상사와 의논을 하고 있을 때 완전히 당신편이 되어주는 친구가 있나?

⑬ 상호간에 아무리 쓰라린 고생을 할 때라도 진실을 밝혀줄 만한 친구가 있나?

⑭ 당신이 곤궁해졌을 때, 구원을 요청하기 전에 도와줄 친구가 있나?

⑮ 빌려준 돈을 일이 잘못되어 돌려주었으면 하고 생각할 때 바로 돌려주는 친구가 있나?

⑯ 당신이 남과 이야기를 할 때 한편이 되어 뜻을 함께 해줄 친구가 있나?

⑰ 2년 정도 소식이 없다가 어느 날 돌연히 찾아가도 크게 환영해 줄 만한 친구가 있나?

⑱ 가족에게도 할 수 없는 상담을 해줄 만한 친구가 있나?

⑲ 당신이 큰 병에 걸렸다. 그러나 돈이 없다. 자기 집을 팔아서라도 도와줄 만한 친구가 있나?

⑳ 당신의 집에 불이 났다. 당신은 2층에서 소사(燒死)하

게 되었다. 이때 죽음을 무릅쓰고 도와줄 만한 친구가 있나?

㉑ 당신이 모든 것을 잃고 오욕의 생활을 할 때도 종전과 같이 만나줄 만한 친구가 있나?

㉒ 한밤중 기분좋게 자고 있을 때 소리를 지르며 깨워도 노하지 않고 일어날 친구가 있나?

㉓ 파티에서 당신이 취하고 말았다고 하자. 그때 파티의 즐거움을 희생하고 당신을 집까지 데려다 줄 친구가 있나?

㉔ 당신의 친구가 좋은 일을 했는데, 당신이 한 것처럼 표정을 지어도 묵묵히 있어줄 만한 친구가 되나?

㉕ 이상의 질문을 전부 뒤집어서 당신이 그런 일을 할 수 있겠나 생각해 보라.

성실한 친구는 안전한 피난처요, 그런 친구를 가진 것은 보화를 지닌 것과 같다.

큰 사람의 도량

　조나라의 장군 염파는 용감 무쌍하고 병법에 뛰어난 장수로서, 제나라와의 전투에서 승리를 거두는 데 큰 공을 세웠다. 염파 장군은 그 공으로 조나라의 재상이 되었다. 그런데 조나라에는 인상여라는 지혜로운 재상이 염파 장군의 윗자리에서 조나라 왕을 보필하고 있었다.

　염파 장군은 그 인상여를 몹시 못마땅하게 여겨서 공공연히 비난하는 태도를 감추지 않았다.

　"나는 이 나라의 장군으로서, 적의 성을 빼앗는 공을 세웠다. 그러나 인상여는 말주변으로 한몫 보는 하찮은 인물일 뿐인데 어찌 나보다 윗자리에 앉는단 말인가! 내가 언제든 거리에서 인상여를 만나면 단단히 창피를 주리라."

　염파 장군이 이렇게 벼르고 있으므로 인상여는 염파와 마주치는 일이 없도록 애썼다.

　그러던 어느 날 수레를 타고 외출했던 인상여는 맞은편에서 염파가 탄 수레가 오는 것을 발견하고 하인에게 명하여 수레를 급히 옆골목으로 돌려서 염파와 마주치는 것을 피했다.

이것을 본 인상여의 부하가 몹시 못마땅한 듯이 인상여에게 말했다.

"아시다시피 염파 장군은 공공연히 승상을 욕하면서 다니는데 어찌 승상께서는 그를 두려워하여 골목으로 피하신단 말입니까? 이는 지체 높으신 분이 취하실 행동이 아닌 줄 아옵니다."

그러나 인상여는 빙그레 웃으며 대답했다.

"내 아무리 못난 사람이기로소니 어찌 염파 장군을 두려워하여 피하겠느냐. 생각해 보라. 저 강대한 진나라가 우리 조나라를 감히 침입하지 못하는 것은 염파 장군과 내가 있기 때문이다. 그런데 둘이 싸워서 서로에게 해를 입힌다면, 이 나라를 지킬 사람은 누구이겠는가? 내가 염파 장군을 피하는 것은 그를 두려워해서가 아니라 사사로운 감정보다는 나랏일을 먼저 걱정하기 때문이니라."

훗날 인상여의 말을 전해 들은 염파 장군은 자신의 방자함을 크게 뉘우치고 인상여를 찾아가서 말했다.

"저의 생각이 모자라서 버릇없이 굴었사오니 용서해 주시옵소서."

그 뒤 두 사람은 깊은 우정을 맺고 힘을 합쳐 나라를 지켰다.

그릇이 큰 사람은 타인의 결점보다는 장점을 본다. 그리고 타인의 장점을 보면 아낌없이 칭찬한다. 칭찬하면 장점은 확대되고 장점이 확대되면 단점이 사라진다는 것을 알고 있기 때문이다. 그것은 마치 빛이 확대되면 어둠이 사라지는 것과 같다.

인 내

　프랑스의 수상 클레망소*는 담배 피우는 것을 하나의 커다란 즐거움으로 알았다.

　그런데 어느 날, 클레망소 수상은 건강이 좋지 못하여 의사에게 진찰을 받게 되었는데 담배를 끊으라는 말을 들었다.

　의사의 말에 수상은 펄쩍 뛰었다.

　"아니, 사랑하는 사람과 다름이 없는 이 담배를 끊으면 나는 무슨 재미로 살라는 건가?"

　수상이 깜짝 놀라 소리치자 의사는 진지한 태도로 이렇게 말했다.

클레망소(Georges Benjamin Clemenceau, 1841~1929) : 프랑스의 정치가. 70~71년 몽마르트르 구장에 이어 71년 7월 파리 시의회 의장, 1903년 상원의원, 1906년 3월 사리앙 내각의 내상이 됨. 제1차 세계대전을 최종적인 승리로 이끌고 20년 1월 대통령선거에 입후보하였으나 패함. 정계를 은퇴하여 문필 생활을 보내면서 만년에는 고독한 가운데 생애를 끝마침.

"담배를 정 끊으실 수가 없으시다면 하루에 6개비쯤으로 줄이십시오. 생명에 관계되니 이것만은 꼭 지켜 주셔야 하겠습니다."

의사의 간곡한 말을 듣고 생각을 돌린 수상은 어떤 어려움이 있더라도 의사의 말을 지켜야겠다고 결심했다.

"그럼 자네 말대로 줄여 보도록 하겠네."

그 날부터 수상은 의사가 지시한 대로 담배를 6개비 이상 피우지 않았다.

그러나 여전히 담배 상자의 뚜껑을 활짝 열어 손만 내밀면 곧 피울 수 있도록 하여 두었다.

어느 날 의사가 뚜껑이 열린 채 책상 위에 놓여진 담배 상자를 보고는 놀라서 물었다.

"아니, 여전히 이렇게 담배를 눈앞에다 두고 피우고 계시는 것입니까?"

"이 사람아, 담배 벌레인 내가 그토록 좋아하는 담배를 설사 끊는다 하더라도 눈으로 보는 것마저 그만둘 수야 있나? 담배를 눈앞에 두었다고 해서 다시 많이 피우는 것은 아니니 염려 말게."

"하지만 눈앞에 놓고도 못 피우는 것은 아예 안 보고 피우는 것보다 몇 배나 괴로운 일입니다."

"자네의 말에도 일리는 있네. 하지만 고통이 심하면 심할수록 다음에 오는 기쁨은 그만큼 더 크다고 하지 않는가?"

하며 수상은 큰 소리로 웃었다.

의사도 담배 끊기에 고심하는 수상의 심정을 이해하고 따라서 웃었다.

그 후 수상은 끈질긴 인내심을 발휘해 기어코 담배를 끊었다.

영웅이란 자신이 할 수 있는 일을 해낸 사람이다. 범인은 할 수 있는 일을 하지 않고 할 수 없는 일만을 바라고 있다.

<로망 롤랑>

욕 설

　마크 트웨인*은 미시시피 강의 뱃군이었기 때문에 젊었을 때부터 남을 욕하는 난폭한 말을 많이 알고 있었다.

　그래서 결혼할 때에는 앞으로 결코 난폭한 말은 쓰지 않겠다고 약속하지 않으면 안 되었다.

　바로 그 무렵 자전거가 생겼다. 그는 즉시 자전거 타기 연습을 시작하였다. 그리고 아직도 잘 타지 못하는데 멀리 타고 나갔다.

　그는 온몸이 상처투성이가 되어 돌아왔다. 그럼에도 불구하고 자랑스러운 듯이 아내에게 말하였다.

마크 트웨인(Mark Twain, 1835∼1910) : 미국의 소설가. 본명은 Samuel Langhorne Clemens.《톰 소여의 모험》,《미시시피 강의 생활》등의 걸작과 문명에 오염되지 않은 자연아의 정신과 변경인의 혼을 노래한 미국적인 일대 서사시 《허클베리 핀의 모험》을 썼음. 그러나 만년의 작품에서는 미국 문명에 대한 절망적일 정도의 비관주의를 엿볼 수 있음.

"나는 오늘 처음으로 욕설이라는 것이 어떤 것인가를 알았어."

아내는 못마땅해서 비난하듯이 이렇게 말하였다.

"당신은 절대로 욕설을 하지 않겠다고 나에게 약속했잖아요?"

그러자 트웨인은 대답하였다.

"나는 한 번도 욕설을 퍼붓지 않았어. 다만 내 자전거와 충돌한 녀석들이 했을 뿐이야."

감정에 휩쓸려 자기를 주장하려고 할 때 싸움이 일어난다. 지혜를 갖고 상대를 설득하려고 하는 자는 감정을 나타내지 않는다. 이쪽이 감정을 내세우면 상대도 감정을 드러내어 대들게 된다.

지혜로운 사람은 상대가 감정적으로 나오더라도 자기의 감정을 드러내지 않는다.

여 자

젊고 아름다운 여자가 크리스마스 카드를 파는 가게로 찾아와서 점원에게 말했다.

"무엇인가 감상적인 분위기를 풍기는 카드는 없을까요?"

"이런 것은 어떨까요? 마음에 드시리라고 생각됩니다만."

점원이 카드를 내놓았다.

거기에는 '내가 사랑하는 단 한 사람의 남자에게'라고 쓰여져 있었다.

젊은 여자는 기쁜 얼굴로 말했다.

"아주 훌륭한 카드군요. 이걸로 5매, 아니 7매를 주십시오."

여성이란 표적을 노려서 쏘면 맞추지 못하는 주제에 눈을 감고 무작정 쏘아대면 대개는 명중시키는 존재이다.

(케이트 비긴)

말 씨

　박씨 성의 나이 지긋한 백정이 장터에 푸줏간을 내고 있는데, 어느 날 양반 두 사람이 고기를 사러 왔다.

　"어이, 백정. 고기 한 근 다오."

　"그러지요."

　박씨는 솜씨 좋게 칼로 고기를 베어 주었다.

　함께 온 양반은 상대가 비록 천한 백정의 신분이긴 하지만 나이든 사람에게 말을 함부로 하기가 거북했다.

　"박 서방, 여기 고기 한 근 주시게."

　"예, 고맙습니다."

　기분 좋게 대답한 박씨는 선뜻 고기를 잘라 주는데, 먼저 고기를 산 양반이 보니 자기가 받은 것보다 갑절은 되어 보였다.

　그 양반은 화가 나서 소리를 지르며 따졌다.

　"이놈아, 같은 한 근인데 어째서 이 사람 것은 크고 내 것은 작으냐?"

　그러자 박씨가 대답했다.

"네, 그야 손님 고기는 백정이 자른 것이고, 이 어른 고기는 박 서방이 잘랐으니까요."

＊

고운 말을 쓰고 예절을 지킨다는 것은 돈을 필요로 하지 않는다. 그러나 많은 것을 얻게 한다.

예절에는 특별한 형식이 없다. 다만 상대방의 감정에 알맞게 행동하는 것이 예절의 기본이다. 슬픈 일을 당한 사람에게는 함께 슬퍼해 주고, 기쁜 일을 당한 사람에게는 함께 기뻐해 주는 것이 좋은 예절이다.

용감한 노파

　옛날 독일의 어떤 마을에서는 해마다 겨울이면 축제를 열었다. 온 마을 사람들이 꽁꽁 언 강의 얼음판 위에 천막을 쳐놓고 유흥을 즐겼다.

　그런 축제의 밤이었다. 밝은 달이 두둥실 떠올라 얼음판을 비쳤다. 교교한 달빛 아래 모든 마을 사람들이 흥겨워하고 있는데 오직 혼자 사는 늙은 노파 한 사람만 강둑에 있는 오막살이에 남아, 멀리서 사람들을 바라보고 있었다. 노파는 남편을 오래 전에 바다에 잃었고 사랑하는 아들마저 병마에 빼앗긴 불쌍한 사람이었다.

　노파는 멀리서나마 축제의 광경을 바라보면서 남편과 아들이 살아 있던 때의 행복했던 축제날을 추억했다.

　그런데 그때 갑자기 서쪽 하늘의 작은 구름이 수평선 너머로 점점 커져 퍼져오르는 것이 보였다. 순간 엄청난 두려움이 노파를 엄습했다. 노파는 뱃사공의 아내였으므로 누구보다도 바다를 잘 알고 있었고 바람과 구름에 따라 날씨를 점칠 줄 알았다.

'이건 틀림없이 무서운 폭풍의 조짐이다. 사람들이 위험해!'

그렇게 감지한 노파는 미친 듯이 손을 흔들며 목이 터져라고 소리쳤다. 그러나 아무도 그 소리를 듣지 못하고 유흥에만 취해 있었다.

구름은 눈 깜짝할 사이에 커져 곧 큰비를 몰고 올 것 같았다. 정말 숨막히는 시간이었다. 만일 얼음판 위에서 30분, 아니 10분만 더 머물러도 마을 사람들은 모두 강물 속으로 잠길 것이 틀림없었다.

"아아, 이를 어쩌나! 빨리 알려야 하는데 몸을 움직일 수 없으니……."

노파의 가슴은 안타까움에 겨워 바싹바싹 타들어 갔다. 노파는 오래 혼자 살아왔고 병이 깊어 몸 반쪽을 조금도 움직이지 못했기 때문에 그 안타까움은 더욱 컸다.

그러나 안타까워하고만 있을 수 없었다. 위험은 촌각을 다투며 닥쳐오고 있는 것이다. 노파는 죽을 힘을 다하여 난롯가로 갔다. 거기서 장작불을 꺼내 침대에 불을 붙였다. 그리고는 기어서 문밖으로 빠져 나왔다.

이윽고 뱀의 혓바닥 같은 불꽃이 창문 밖으로 치솟았고 지붕위로 옮겨 붙었다. 불은 불어오는 바람을 타고 활활 타올랐다.

"부, 불이야! 불이야!"

"강둑에 혼자 사시는 할머니 댁에 불이 났다."

얼음판 위에서 놀던 사람들은 깜짝 놀라 그렇게 소리치며 강둑으로 달렸다. 모든 마을 사람들이 노파의 오막살이 집 불을 끄기 위해 달려 나왔다.

그때 갑자기 세찬 바람이 얼음판 위를 몰아쳤다. 얼음 밑에서는 '꽝' 소리와 덜거덕거리는 소리가 요란하게 울렸다. 그리고 검은 구름이 온 하늘을 덮으며 폭우와 함께 번개가 일며 천둥이 쳤다.

불타오르는 노파의 집은 마치 등대불처럼 얼음판을 빠져나오는 마을 사람들의 발길을 환하게 비춰주었다. 사람들이 모두 강둑에 올라서고 마지막 사람이 강둑에 막 다다랐을 때였다. 얼음판 위로 집채만한 큰 물이 파도처럼 밀려와 천막을 비롯한 집기들을 순식간에 삼켜버렸다.

노파는 자기의 전 재산인 오막살이집을 불태워 온 마을 사람들의 목숨을 건진 것이었다.

인간은 서로 협동하며 살 수밖에 없는 사회적 동물이기 때문에 이웃과 더불어 살아야 한다. 그런데도 저 혼자 잘나서 사는 듯한 사람들이 우리 주위에는 많이 있다. 특히 물질에 삶의 가치를 두는 사람일수록 그러한 경향이 강하다.

자신의 이익만을 위해서 남들이야 어찌되어도 좋다는 독선자들이 많을수록 사회는 병들어간다. 그들은 자기 집에서 기르는 화초를 사랑하고, 심지어는 강아지까지도 사랑한다. 그런데 정작 사랑해야 할 사람을 사랑하지 못하는 것이다.

남의 잘못을 용서하지 못한 사람이 남으로부터 자신의 잘못을 용서받지 못하듯, 남을 사랑하지 못하는 사람은 남으로부터 사랑 받지 못하는 것이 당연하다. 그들은 자기 혼자 감당하기 힘든 불행이 닥쳤을 때에야 비로소 이웃의 소중함을 깨닫게 되지만 이미 때는 늦다.

사회적 동물인 우리 인간의 가장 큰 기쁨은 이웃을 위해 봉사하는 것이다. 진정한 봉사는 자기의 소중한 것도 순수한 마음으로 나눠주는 데에 있다. 자기의 전 재산인 오막살이집을 바쳐 온 마을 사람들의 목숨을 건진 노파의 봉사는 '이웃 사랑'의 표본이며 극치이다.

무엇이 보배인가

　중국 송나라 때 한 아첨꾼이 있었다. 평소 높은 대신들에게 아첨을 하며 눈에 들려고 애썼던 그 사람이 하루는 대신 자한을 찾아왔다.

　"대감, 평소부터 대감을 존경해 오고 있었습니다. 우연히 큰 옥구슬을 손에 넣게 되고 보니 대감께 드리고 싶어서 이렇게 가져왔습니다. 부디 저의 정성을 물리치지 마시고 받아주십시오."

　아첨꾼이 선물 상자를 꺼내며 말하자, 청렴 결백하기로 이름난 대신 자한은 일언지하에 그 선물을 사양했다.

　"아니오, 나는 그것을 받을 수 없소. 그 옥의 주인은 그대이니 주인이 가지는 것이 마땅하오. 마음은 고맙소만 사양하는 바이오."

　아첨꾼은 자한이 예의상 사양하는 것으로 생각하고 더욱 아첨하는 말을 늘어놓으며 옥이 든 상자를 밀어놓았다.

　"아니올시다. 이 아름다운 옥을 가지실 분은 대감밖에 없소이다. 대감이야말로 이 소중한 옥에 어울리는 분이십니다. 저처럼 하잘것없는 사람은 이 옥을 간직할 자격도 없소이다. 그러니 사양 마시고 받아 주십시오."

그러자 자한은 빙그레 웃으며 이렇게 말했다.

"그대는 이 옥을 참 보배로 여기는구려. 나는 그보다 아첨을 받아들이지 않는 마음을 보배로 여긴다오. 그러니 우리는 서로가 보배로 여기는 것을 자기 자신에게 남겨두기로 하는 게 좋겠소."

사람은 누구나 아첨하는 것을 좋아한다고 믿었던 그 아첨꾼은 자한의 말에 부끄러움을 느끼며 자기의 행동을 뉘우쳤다.

세상에 금도 있고 진주도 많지만, 지혜로운 입술이 더욱 귀한 보배이다.

<성경 잠언>

제4장

내일은 해가 뜬다

희망은…, 이것을 갈망하여 추구하는 사람을 결코 외면하지 않는다.

마음의 기적

이것으로 당신의 기분은 좋아질 것입니다.
가끔 당신이 낙담하게 될 때면
이 사람의 일을 생각해 보세요.
겨우 초등학교를 중퇴했다.
시골에서 구멍가게를 했다.
파산했다.
그 빚을 갚는데 15년이나 걸렸다.
결혼을 했으나
매우 불행한 결혼이었다.
하원에 입후보했다.
두 번 연속 낙선했다.
상원에 입후보했다.
역시 두 번 실패하였다.
역사에 남을 연설을 했다.
그러나 청중들은 무관심했고
신문에서는 연일 그를 비판하였다.

반 이상의 국민들로부터
배척을 당했다.
그럼에도 불구하고 상상해 보세요.
세계의 얼마나 많은 사람들이
그저 링컨이라고만 하면
그 얼마나 감동되었는가를
단순하고
실패가 많으며
이 재주없고 서투르며
무뚝뚝한 사람에게…….

위의 글은 1980년 2월에 월스트리트 저널에 게재된 미국 유나이티드 테크놀로지사(社)의 광고 문안이다.

생활에 지친 사람들에게 잔잔한 감동과 파문을 일으켰던 이 광고 문안 밑에는 아주 작은 글씨로 다음과 같은 글이 씌어 있었다.

"우리나라가 어떤 나라가 되느냐는 우리 한 사람 한 사람이 어떻게 일하느냐에 달려 있습니다. 이 광고의 리프린트를 원하신다면 본사로 편지해 주십시오. 무료로 보내드리겠습니다."

이렇게 하여 수많은 편지와 전화가 빗발쳤고 68,594장의 리프린트가 발송되었다고 한다.

지옥을 천국으로 만드는 비결

6·25동란은 우리 민족의 가슴에 씻을 수 없는 한을 남겼다. 반세기가 지난 지금까지 38선을 경계로 하여 서로를 적과 동지로 갈라놓고, 살벌하게 대치를 계속해 오고 있다.

1953년 7월 29일 판문점에서 휴전협정이 서명되기 전까지 3년 동안 수 많은 젊은이들이 전장에서 산화(散華)했다. 때문에 그 무렵 입영 통지를 받은 젊은이가 있는 집은 온통 울음바다가 되었다. 사지(死地)로 가야하는 두려움을 견디다 못해 자결하는 이도 많았고, 기피자가 되어 이리저리 피해 다니는 이도 적지 않았다.

이런 상황에서 입대하여 전투 훈련을 받는 훈련병들의 정서는 극도로 불안할 수밖에 없었다. 언제 어느 때 총알이 빗발치는 전선으로 나아가 생사를 기약할 수 없는 피비린내나는 전투를 해야할지 모르는 일이었다.

초등학교에서 교편을 잡고 있던 최대림(崔大林)은 52년 겨울에 입대했다. 몹시 심약했던 그는 앞으로 닥칠지 모르는 공포에 마음과 몸을 부들부들 떨고 있었다. 영육이 찢기우는 하루하루가 지옥과도 같았다. 잠도 못 이루고 밥도 먹을 수 없어서 하루하루 야위어만 갔다.

그러던 어느 날, 동료 훈련병 이명운(李明雲)과 야간 보초를 섰다. 모두가 불안해 하는 데도 그는 처음부터 이상하리만치 태연했다. 우스갯소리를 잘하여 곧잘 동료들을 웃게 만들곤 하는 사람이었다. 그가 함께 보초를 서며 물었다.

"이봐, 최 훈병! 자네 몰골이 말이 아니네. 무슨 걱정거리라도 있나?"

이 말에 최대림은 힘없이 반문했다.

"난 이 훈병 자네가 그렇게 유유자적한다는 게 오히려 이상하네. 언제 전쟁터에 나가 죽을지도 모른다는 생각을 하면 걱정이 되어 피가 바짝바짝 타는데, 자네는 어쩜 그리 태연할 수 있는가?"

이명운은 고개를 끄덕이며 입을 열었다.

"그럴 수도 있겠네. 하지만 굳이 그런 걱정을 하여 스스로 고통을 당할 필요가 있을까?"

그는 최대림의 등을 툭툭치며 말을 이었다.

"이렇게 생각하면 마음이 편할 걸세. 자네나 나나 일선에 갈 확률은 반반이야. 만일 가지 않는다면 걱정할 필요가 없네. 비록 일선에 간다 해도 전투에 맞닥뜨리는 경우도 반반일 것 아닌가? 전투에 맞닥뜨리지 않는다면 아무것도 걱정할 필요가 없네. 또 전투가 있다고 해도 자네가 총알에 맞을 확률은 반반이며, 맞았다 해도 죽는 경우는 반반일 텐데 무슨 걱정인가? 다행히 죽지 않는다면 걱정할 일이 없을 것이며, 불행하게 죽는다 해도 그것으로 자네의 걱정은 영원히 없어질 텐데, 왜 그런 일이 생기기도 전에 미리 겁을 집어먹는 건가?"

이명운의 말은 계속 이어졌다.

"눈이 먼 상태에서 《실낙원》이라는 대작을 쓴 영국 시인 밀턴은 이런 말을 했네. 사람의 마음은 천국을 지옥으로도 만들고, 또 지옥을 천국으로도 만든다고 말일세. 너무 의미심장하지 않은가? 요는 마음의 문제일세. 최 훈병, 마음을 편하게 먹게. 정작 닥치지도 않은 일을 걱정하고 염려하느라 미리부터 불안에 떨 필요는 없단 말일세. 독이 들었다고 말하고 주사를 놓으면 영양제 주사에도 사람은 공포심에 죽을 수 있네. 그러니 최 훈병, 현실이 암담하고 두렵기는 하지만, 생각만이라도 플러스로 해보게. 가능한 한 긍정적으로, 앞날을 낙관하는 플러스 사고를 해보란 말일세. 그러면 괜한 마음 고생은 한결 덜할 걸세."

최대림은 이명운의 이 말을 듣고 불안한 생각을 떨칠 수가 있었고, 무사히 군복무를 마칠 수 있었다.

＊

신과 악마가 싸우고 있다. 그 전장(戰場)이야말로 인간의 마음이다.

<도스토예프스키>

포기하지 않았을 때는 아직 패배가 아니다

　스코틀랜드의 한 유능한 젊은 의사가 병이 들어 1년 이
상 요양을 해야만 했다. 사랑하는 가족을 집에 두고 멀리
요양원을 향해 길을 떠나는 그의 모습이 황량하기만 했다.
　"허어 참, 병든 사람을 치료하던 내가 병이 들다니⋯⋯.
정말 우습지도 않군."
　요양원에 들어간 그 의사는 한동안 허탈감에 빠져 지냈
다.
　그러던 어느 날, 불현듯 꿈의 요동이 일어났다. 그것은
다름 아닌 집필에 대한 의욕이었다.
　'지금이 아주 좋은 기회다. 내가 지금 앓고 있는 병을 치
료하려면 적어도 1년이라는 적잖은 세월이 필요하다. 그
시간을 그냥 보내버리기에는 너무도 아깝다. 그래, 이 기회
를 놓치지 말고 멋진 소설을 하나 쓰자!'
　이런 생각을 한 그 의사는 당장 마을 상점에 가서 원고
지와 만년필을 샀다.
　요양원으로 돌아온 그는 온종일 책상머리에 앉아 있었

다. 그러나 안타깝게도 영감은 떠오르지 않았다. 머리칼을 쥐어뜯으며 착상을 가다듬었지만, 원고지는 백지 상태로 그를 조롱하는 것만 같았다.

"내가 글을 쓴다는 것은……."

저녁이 되었을 때, 결국 그는 자신의 생각이 얼마나 어리석은 것이었던가를 느끼기 시작했다. 그러나 그 순간 아득한 옛날, 학교 선생님의 충고가 떠올랐다.

'머리 속에 떠오르는 것이 있다면 먼저 종이에 써라. 그것이 네 머리 속에서 멈추고 말면 아무것도 아닌 것이 된다. 그러나 그것을 쓰면 사상도 되고 문학 작품도 된다. 어떤 경우도 생각이 떠오르면 먼저 써라, 그것을 써라!'

이 말을 상기하자 그의 식어 가는 정열은 또 다시 불탔다. 생각이 떠오르는 것을 원고지에 쓰기 시작했다. 문장이 되건 말건 쓰기부터 했다. 이렇게 하여 다섯 달 동안을 원고지와 혼신의 정열로 씨름했다. 썼다가 고치고, 고친 것을 다시 고치고 하는 반복의 나날이었다.

소설의 절반쯤을 썼을 때였다. 이 날은 아침부터 비가 촉촉이 내려 왠지 마음이 울적했다. 그래서 다섯 달 동안 힘들여 쓴 글을 처음부터 꼼꼼히 읽어보았다. 다 읽기도 전에 밀려드는 실망감을 어쩔 수가 없었다. 구성이 엉성하고, 사상은 유치하기 짝이 없고, 문장은 엉터리처럼 생각되었다.

'역시 나는 글 쓰는 재능이 없어. 재능도 없으면서 글을 쓴다는 것은 미친 짓에 불과해. 숱한 밤을 새워가며 쓴 글이 내가 읽어도 이렇게 형편이 없는데…….'

그는 결론을 내렸다.

"모두 다 한여름 밤의 꿈처럼 소용없는 짓이었어. 그 누구도 이따위 글을 읽을 리가 없어!"

그는 스스로 화를 내며 원고 뭉치를 들고 자리를 박차고 일어섰다. 밖으로 나온 그는 요양원 뒤의 산기슭에 있는 쓰레기 소각장으로 가서 원고뭉치를 버렸다. 활활 태워버리고 싶었지만, 비가 내렸기 때문에 그러질 못했다.

다섯 달 동안의 열정이 한 순간에 물거품이 되어버리자 그는 말할 수 없이 허탈했다. 축축하게 내리는 빗속을 천천히 걸었다. 얼마쯤 걷다가 보니 산책을 즐기던 호숫가가 나왔다. 그 옆의 밭에서 늙은 농부 한 사람이 열심히 도랑을 파고 있었다. 그가 산책을 하면서 안면을 익힌 농부였다.

"아, 의사 선생!"

늙은 농부가 그를 보고 반갑게 말했다.

"이렇게 비가 오는 데도 산책을 나왔소? 글이 막혀서 나온 것이오? 허허, 많이 진행되었겠지요?"

이 말에 그는 심드렁하게 대답했다.

"포기했습니다. 제게 소설가의 재능이 없다는 것을 오늘에야 비로소 깨달았습니다. 그래서 지금 막 쓰레기 소각장에 원고를 버리고 오는 길입니다."

농부의 표정이 갑자기 쓸쓸하게 변했다. 농부는 그의 얼굴을 지그시 보고 있다가 담배를 피워 물었다. 그런 후 나직한 목소리로 입을 열었다.

"의사 선생! 내 아버지께서는 이 물수렁 같은 땅에다 평생토록 도랑을 파셨다네. 목장을 만들기 위해서였지. 그리고 나도 내 아버지가 그랬던 것처럼 지금까지 도랑을 파고 있네. 역시 목장을 만들기 위해서이네. 의사 선생도 보시다시피 아직까지 목장을 만들지는 못했네. 하지만 포기하지 않고 노력하면 언젠가는 분명히 목장이 이루어질 것을 나는 믿고 있네. 내 말의 뜻을 이해할 수 있겠는가?"

젊은 의사는 이 말에 정신이 번쩍 들었다. 자기의 가슴 저 깊은 곳에서부터 뜨거운 기류가 생겨나 온몸으로 퍼지는 것을 느꼈다.

"제가 생각이 경솔했습니다. 정말 좋은 가르침을 주셔서 감사합니다."

의사는 허리를 구십도로 굽혀 인사를 하고 쓰레기 소각장으로 달려갔다. 원고 뭉치는 비에 촉촉이 젖어 있었다.

"조금만 늦었으면 못쓸 뻔했구나!"

그는 비에 젖은 원고를 가져와 난로에 말렸다. 그리고 더한 열정으로 원고를 계속해서 썼다. 늙은 농부가 그에게 새로운 결심과 포기할 수 없는 강력한 힘을 갖게 해준 것이다.

이렇게 불붙은 그의 정열은 지칠 줄을 몰랐다. 마침내 소설을 탈고한 그는 원고를 출판사에 우송했다.

세월이 얼마쯤 흘렀다. 그가 원고에 대해 까맣게 잊고 있을 무렵, 그 소설은 《모자집의 성(城)》이란 제목으로 출판되었다. 처음부터 독자들의 반응이 놀라웠다. 중판에 중판을 거듭할 정도로 불티나게 팔렸다. 나중에는 연극으로 각색되고, 19개 국어로 번역되어 3백만 부 이상이 팔렸다.

이 의사가 바로 《성채》, 《천국의 열쇠》, 《인생의 도상에서》, 《별이 내려다본다》 등의 수많은 역작을 남긴 A.J. 크로닌이다.

생각만 하지 말고 무엇이든 먼저 시작하라. 이것이야말로 인생을 감당하게 하는 유일한 방법이다.

어떤 만남

호수처럼 맑은 눈이 몹시도 아름다운 여자였다. 그녀는 캔버스에 낙엽 지는 고궁을 몇 시간째 그려 넣고 있었다. 고색 창연한 고궁이 흡사 그녀의 화폭에 그대로 옮겨진 것 같았다. 대여섯 명의 구경꾼들이 저만큼 떨어진 곳에서 취한 듯이 그녀의 그림을 감상하고 있었다.

"색채 감각이 매우 뛰어나군 그래! 힘차고도 섬세한 선이 작품에 생명력을 더해 주고 있어!"

"국내 화단에 저런 화가가 있었던가요?"

"글쎄요? 저는 처음 보는 화가인데……."

구경꾼들 중에는 화가들도 있었다.

그들은 무명의 여류 화가 작품에 넋이 빠져 발이 묶인 채 좀처럼 다른 곳으로 걸음을 옮기지 못하고 있었다.

이때 한 부인이 휠체어를 밀고 그녀 곁을 지나다가 걸음을 멈췄다. 휠체어에는 열서너 살쯤 되어 보이는 소년이 슬픈 눈으로 그녀의 그림을 보고 있었다. 그림의 마무리 작업에 한창 열중해 있던 그녀는 어쩌다 그 소년과 눈길이 마주쳤다.

그녀의 호수처럼 맑은 눈에 동정의 빛이 가득 담겼다. 소년을 그윽한 눈길로 한동안 바라보던 그녀는 붓을 놓고 그쪽으로 걸음을 옮겼다. 놀랍게도 그녀는 발을 심하게 절뚝거리고 있었다. 휠체어를 탄 소년을 비롯한 주변의 모든 사람들의 얼굴에 놀란 표정이 서렸다.

"어쩌다가 휠체어를 타게 되었니?"

휠체어에 가깝게 다가간 그녀는 소년의 등을 부드럽게 어루만지며 다정하게 물었다. 소년은 그녀를 쏘아보고만 있을 뿐 이렇다 할 대답을 전혀 하지 않았다.

"교통사고를 당했어요."

소년의 어머니로 보이는 부인이 대신 대답했다. 사고로 인해 척추의 기능이 마비된 소년은 걸을 수가 없다고 했다.

"너도 나와 똑같은 처지를 당했구나."

이렇게 운을 뗀 그녀는 스스럼없이 자신의 사연을 말하기 시작했다.

그녀는 쾌활하고 민첩한 소녀였는데, 열다섯 살 때 교통사고로 불구의 몸이 되었다. 세계 최고라는 외과의사들로부터 수술을 몇 차례나 받았지만, 망가진 척추의 기능은 치유 불가능이라는 선고를 받아야 했다.

일생을 걷지 못하고 불구자로 살아가야 한다는 사실, 그것은 꿈 많은 소녀에게 날벼락 같은 소리였다. 눈앞에서 하늘이 와르르 무너지는 것만 같았다. 세상이 온통 어둠이었다. 살아갈 희망이라고는 쥐털만큼도 없었다.

"불구로 살아갈 바에야……"

차리리 죽는 것이 더 낫다는 슬프고도 우울한 생각을 했다. 암담한 슬픔과 처절한 절망으로 여러 날을 보낸 소녀는 어느 날 깊은 밤에 끔찍한 방법으로 자살을 시도했다. 이로 물어뜯어 오른쪽 팔목의 동맥을 끊어낸 것이다.

정녕 인간의 운명은 하늘의 뜻인가!

소녀의 의식이 혼미해지고 있을 때 담당 간호원이 그것을 발견했다. 그리하여 소녀는 생과 사의 경계선을 막 넘으려는 순간에 가까스로 살아났다.

소스라쳐 놀란 것은 소녀의 부모였다. 자살 소동이 있고부터 소녀의 부모들은 잠시도 딸의 곁을 떠나지 않았다. 딸이 잠들기 전에는 눈을 붙이는 법이라곤 절대 없었다. 깜빡 잠이 들었다가도 부스럭 소리만 들리면 번쩍 눈을 떴다. 그런 날이 계속되다 보니 부모님들의 정신적 육체적 고통이 이만저만이 아니었다. 하루가 다르게 몸이 야위어 갔고, 신경쇠약 증세까지 보였다.

부모님의 그런 모습을 보는 소녀의 가슴은 천갈래 만갈래로 찢어지는 것만 같았다. 자신의 철없는 행동이 얼마나 부모님의 가슴에 고통을 주었는가를 깨닫고 눈물로 용서를 빌었다.

"엄마, 아빠! 저를 용서해 주세요. 이제부터는 걱정을 끼쳐드리지 않을 게요. 그리고 지켜보세요. 저는 틀림없이 다시 걸을 수 있어요. 걷는 모습을 꼭 엄마 아빠께 보여드리겠어요."

소녀는 부모님과 한 약속을 지키기 위해 걷는 연습을 시도했다. 그러나 의사들의 말처럼 전혀 걸을 수가 없었다. 걸음을 시도하려고 하면, 뼈가 부러지고 생살이 찢어지는 듯한 아픔이 전신을 난자질하여 찾아내기가 힘들었다.

"걱정하지 마세요. 비록 오늘은 걷지 못했지만 내일은 좀더 나아질 거예요."

소녀는 오히려 부모님을 위로했다.

그리고 애써 쾌활한 모습을 지으려고 노력했다.

'사람은 슬퍼서 우는 것이 아니라 오히려 울기 때문에 슬퍼지는 것이다. 웃으면 슬픔이 가고 기쁨이 온다.'

소녀는 어느 책에서 읽었던 이 말을 떠올리며 계속 웃는 연습을 했다. 유머집을 사다가 읽으며 배꼽을 잡고 웃었다. 그러자 정말 거짓말처럼 명랑해졌다. 이것은 참으로 놀라운 사실이었다. 기쁘고 즐겁기 때문에 웃었던 것이 아닌데, 웃다 보니 마음의 평안과 여유를 되찾았던 것이다.

소녀는 마치 어린아이가 걸음마를 배우는 것처럼 걸음걸이를 연습했다. 넘어지면 일어서고, 또 넘어지면 다시 일어서기를 하루에도 수백번씩 되풀이했다. 참으로 놀라운 집념이었다. 눈물겨운 그 노력이 몇 달이나 계속되었을 때 기적과도 같은 일이 생겼다. 소녀가 마침내 한두 걸음씩 발걸음을 떼 놓기 시작한 것이다.

"엄마, 아빠! 보세요."

소녀는 혼신의 힘을 다해 한 걸음 한 걸음 옮기며 외쳤다.

"이젠 됐어요. 나도 이제는 머잖아 혼자서 충분히 걸을 수 있겠지요?"

"장하다! 정말 장하다!"

부모님은 주르륵 감격의 눈물을 흘렸다. 딸의 의지가 대견했고, 고통 속에서도 쾌활한 모습을 보이는 것이 고마워서 하염없이 눈물을 흘렸다.

소녀는 걷는 연습을 하면서도 틈틈이 독서에 빠져들었다. 위인전을 많이 읽었다. 특히 삼중고의 성녀 헬렌켈러와 장애를 극복하고 위대한 업적을 이룬 위인들의 이야기에 감명을 받았다.

'그분들에 비하여 나의 장애는 아무것도 아니다. 베토벤은 음악가에게 생명과도 같은 청력(聽力)을 잃고도 굴하지 않고 불후의 명곡들을 작곡했다. 밀턴은 장님이 된 상태에서 《실낙원》과 같은 명작을 썼다. 나도 그분들처럼 내 인생을 가치있게 만들어야 한다. 그러기 위해서는 오로지 노력하는 것만이 최상의 지름길이다. 내가 할 수 있는 것을 찾아 노력하자!'

이렇게 결심한 소녀는 자기가 하고 싶은 일을 생각해 보았다. 인간의 정신세계를 풍요롭게 하는 작가가 되고 싶었다. 또한 화가가 되고 싶기도 했다. 불구가 되기 전에는 생각조차 해본 적이 없었던 일이었다. 자기에게는 그런 재능이 없다고 생각했기 때문이었다.

'태어나면서부터 뛰어난 작가는 없었다. 영국의 소설가 존 크레는 처녀작을 출판하기까지 750여 번이나 거절을 당했지만, 결국 작가가 되어 560여 권이나 되는 책을 출판했다. 처음부터 훌륭한 화가도 물론 없었다. 나에게 재능이 부족하다면 노력으로 그것을 충분히 메꾸면 된다.'

소녀는 에디슨이 9,999번의 실패 끝에 전기를 발명해냈던 것을 늘 상기하며 글을 쓰고 그림을 그렸다. 글쓰는 일과 그림을 그리는 일에 몰두하다 보니 자신의 불행인 신체적 장애를 생각하며 슬퍼할 겨를이 없었다.

자신과의 싸움이 계속되는 가운데 10년 세월이 유수처럼 흘렀다. 소녀는 이제 어엿한 성인으로 성장했다. 비록 다리는 절었지만 걸음을 걷는 데는 커다란 불편이 없었다.

　그녀는 장애인들을 위해 일을 하면서 《거듭난 생명》이란 책을 펴냈다. 이 책은 신체장애자들에게 뜨거운 감명을 줌과 동시에 그녀를 뛰어난 작가로 부상하도록 만들었다.

　"내 이름은 베시 버튼이야."

　자신의 사연을 말한 그녀는 휠체어의 소년에게 자기 소개를 했다. 소년의 얼굴에는 어느 새 결연한 의지가 서려 있었다.

　"너도 나처럼 걸을 수가 있어. 그리고 숱한 장애를 가졌던 위인들처럼 훌륭한 일도 할 수 있어. 내 말을 이해할 수 있겠니?"

　버튼의 말에 소년은 힘차게 고개를 끄덕이며 입을 열었다.

　"고마워요. 들려주신 말씀이 제게 희망과 용기를 주었어요."

　"그래, 너는 해낼 수 있어. 세상에서 뛰어난 업적을 남긴 사람들 가운데 장애자나 병약자가 숱하게 많다는 사실을 염두에 두면 힘이 생길 거야. 헬렌켈러, 베토벤, 밀턴, 토마스 만, 노웰 카워드, 에머슨, 소로우, 에디슨, 링컨 등등 이루 헤아릴 수도 없어. 그들은 값어치 있는 일에 열정을 쏟음으로써 장애와 병약함을 극복했던 거야. 사람이 불행에 처했을 때 실망하고 자신의 처지를 한탄만 하고 있으면 아무 일도 할 수 없어. 그냥 쓸모 없는 인간으로 점점 초라해지게 되는 것이지."

휠체어의 소년은 이 날 버튼과의 운명적인 만남으로 해서 인생의 일대 전기를 마련했다. 비록 휠체어에 의지하는 몸이지만, 뜻을 세워 공부하여 뛰어난 법학자로 존경을 받았다.

인생의 목적은 끊임없는 전진이다. 앞에는 언덕이 있고, 냇물이 있고, 진흙도 있다. 걷기 좋은 평탄한 길만이 아니다. 먼 곳으로 항해하는 배가 풍파를 만나지 않고 순탄하게만 갈 수는 없다. 풍파는 언제나 전진하는 자의 벗이다. 차라리 고난 속에 인생의 기쁨이 있다. 풍파 없는 항해, 얼마나 단조로운가! 고난이 심할수록 내 가슴은 뛴다.

<니체>

띠호박벌의 교훈

　새들이 즐겁게 지저귀는 1874년의 화창한 봄날이었다. 영국 런던의 세인트 루이스 공원을 내려다보고 있는 장엄한 건물의 돌계단을 힘겹게 올라가고 있는 사람들이 있었다. 세련된 정장을 한 네 명의 젊은 남자들이었다. 그들은 두 명씩 양쪽에서 휠체어를 들고 있었다. 휠체어에는 고개가 돌아가고 입이 틀어진 한 젊은이가 설레이는 표정으로 앉아 있었다.

　"스티븐, 가슴이 떨리지 않는가?"

　그들 중의 한 사람이 휠체어에 실려 있는 사람에게 물었다. 그러자 몸이 몹시 불편해 보이는 그는 대답 대신 애써 웃음을 지었다.

　이 청년은 영국 최고의 영예로 꼽히는 왕립협회의 회원 임명장을 받기 위해 친구들의 도움을 받아 이렇게 계단을 오르고 있는 중이었다. 이날 스티븐 윌리엄 호킹은 32세의 젊은 나이에 왕립협회의 회원이 되었다. 학회 사상 최연소 회원이었다.

컴퓨터로 조작된 기계음을 내는 호킹은 선천적인 불구는 아니었다. 대학에 다닐 때까지만 해도 등산과 여행을 즐기던 활달한 청년이었다.

그는 고등학교 성적이 좋지 않았다. 그러나 물리 과목에 만점을 얻어 옥스포드대학에 합격했고, 패기만만한 청년으로 대학 생활을 보냈다.

불행은 도둑처럼 어느 날 갑자기 그를 덮쳤다. 캠브리지 대학원 석사 1학기 때부터 그 병의 증상이 보이기 시작했다. 온몸이 마비되고 뒤틀려 변행되는 증상은 날이 갈수록 더해만 갔다. 결국 자기의 힘으로는 한 발짝도 움직일 수 없는 지경이 되어 휠체어를 타는 신세가 되었다.

그 동안 호킹의 아버지는 아들의 병을 고치기 위해 휠체어를 밀고 많은 병원을 찾아다녔다. 명성 높은 의사를 찾아 미국을 비롯한 여러 나라를 다녔다. 그러나 의사들의 진단은 한결 같았다.

의학으로는 어쩔 수 없다는 것이었다. 길면 1년 남짓, 짧으면 6개월 이내에 죽는다는 사실상의 사형선고를 내렸다.

호킹은 하늘이 와르르 무너져 내린 듯한 충격을 받고 깊은 절망에 빠졌다. 준비하던 학위 논문을 팽개치고 삶을 포기했다.

"왜, 왜 내가 이런 병으로 죽어야만 한단 말입니까?"

하늘을 향해 저주를 했다. 온전한 정신으로는 도무지 견딜 수가 없어 술을 마셨다. 억병으로 취해 미친 사람처럼 몸부림을 치며 마구 악을 쓰다 고꾸라지곤 했다. 아들의 그런 모습을 지켜보는 아버지의 마음도 괴롭기가 이루 말할 수 없었다.

"스티븐, 그런 모습으로 삶을 마감하기에는 너의 젊음이 너무 아깝지 않니? 하늘을 저주하고 세상을 원망하다 죽는다면 너의 인생이 더욱 초라해지는 것이 아니겠니? 너의 생명이 다하는 날까지 네가 해야 할 일을 계속하는 것이 좋지 않겠니? 오오, 내 아들 스티븐……."

아버지는 눈물로 아들의 고통스런 방황을 말렸다. 그러나 호킹의 귀에 그 말이 담기질 않았다. 어떠한 말도 그를 위로하지 못했다.

그러는 동안에도 무심한 세월이 흘렀다. 웬일인지 의사들이 죽음의 시간으로 규정한 그 시기가 훌쩍 지났고, 또 1년이나 더 흘렀다. 몸의 상태가 좋아진 것은 아니었지만 죽은 것도 아니었다.

"내가 왜 죽지 않고 살아 있지? 의사들의 말에 따른다면 벌써 1년 전에 죽었어야 하는데……."

자포자기로 살던 그는 이상하다는 생각을 하기 시작했다. 그리고 아버지와 친구들의 말이 조금씩 귀에 담기기 시작했다.

그러던 어느 날, 한 친구가 우스갯소리처럼 흘린 말이 그의 마음을 세차게 흔들어 놓았다. 그 친구는 이런 말을 했다.

"재미있는 이야기가 있어. 저명한 생물학자들이 모여 띠호박벌에 관한 연구를 했는데, 그들은 골똘히 연구를 거듭하다가 마침내 결론을 내렸어. 띠호박벌은 날지 못한다고 말이야. 그런데 띠호박벌은 지금도 날고 있어. 그 이유가 재밌어. 생물학자들은 띠호박벌이 날 수 없다는 결론을 내렸지만, 아무도 띠호박벌에게 그것을 알려주지 않았기 때문에 띠호박벌은 지금도 날아다니고 있다는 것이야. 어때?"

이 말을 들은 후 호킹의 머리 속에 띠호박벌이 윙윙거리며 날고 있는 모습이 생생하게 그려졌다.

"그래 어쩌면 의사들의 진단이 생물학자들이 내린 결론 같은 것인지도 몰라. 죽을 때 죽더라도 앉아서 죽음을 기다릴 필요는 없지. 학위 논문이라도 완성시키자."

그후 그는 일신해서 논문 완성에 혼신의 정열을 쏟았다. 각고의 노력 끝에 마침내 논문은 완성되었다. 논문이 완성된 후에도 꾸준히 연구를 거듭했다. 그리하여 스티븐 윌리엄 호킹이라는 이름을 시간의 역사, 우주학 속에 깊숙이 뿌리내린 것이다.

불행은 그 사람의 위대함을 증명한다.

소망은 불가능을 극복한다

"응아, 응아……!"

우렁찬 아이의 울음소리가 산부인과 병실을 울렸다. 출산실 문밖에서 안절부절 못하고 서성대고 있던 사나이의 얼굴이 아이의 울음소리를 듣고 이내 환하게 밝아졌다. 그는 갓 태어난 아기의 아버지였다.

'산모는 건강한가? 과연 아들일까, 딸일까?'

사나이는 그런 생각을 하면서 싱글벙글했다. 산모와 아기만 건강하다면 아들이건 딸이건 상관없었다. 아니, 이미 아들을 하나 두고 있었기에 딸이라면 더 좋을 것 같았다.

"아무려면 어떠랴! 빨리 보고 싶다."

사나이는 출산실의 문이 열리기를 학수고대했지만 좀처럼 문이 열리지 않았다. 뜨거운 커피 한 잔을 훌훌 불어가며 마실 정도의 시간이 흘렀다. 그제서야 문이 열리고 의사가 나왔다.

"산모의 건강은 어떻습니까? 그리고 아가는요?"

사나이는 의사의 표정을 살피며 급히 물었다. 의사는 군은 표정을 하고 사나이의 시선을 피했다.

"산모와 아기는 건강합니다. 그런데……."

"그런데 뭡니까?"

사나이의 싱글거리던 얼굴에서 웃음기가 일순간에 사라졌다. 의사의 표정이 밝지 못한데다 끝말을 맺지 못하는 것에서 어떤 불안감이 느껴졌기 때문이었다.

"놀라지 마십시오."

의사가 곤혹스럽다는 듯이 입을 열었다. 사나이는 말없이 의사를 쏘와봤다.

"아기에게 귀가 없습니다."

"뭐라구요? 아기에게 귀가 없다구요?"

"그렇습니다."

이 말을 듣는 순간 사나이는 가슴이 철렁 내려앉았다. 자기의 귀를 의심했다. 의사가 잘못 말했거나 아니면 자기가 잘못 들었을 것이라고 생각했다.

그러나 불행하게도 그것이 아니었다. 흡사 거짓말처럼 아기에게는 귀가 없었다. 사나이의 아내는 귀가 없는 기형아를 출생한 것이다.

사나이는 믿을 수가 없었다. 핏덩이 아들의 귀가 있어야 할 부분을 만져보았다. 양쪽이 모두 맨숭맨숭했다. 당연히 있어야 할 귀가 없는 것은 사실이었다.

"무어라 할 말이 없습니다만, 불행히도 선생의 아이는 일생동안 농아로 살아가야 합니다. 하느님의 뜻입니다."

의사의 말이 사나이의 귓가에 꿈결소리처럼 담겼다. 그러나 그 극단적이고도 잔인한 말을 믿고 싶지 않았다.

"그따위 소릴 함부로 하지 마시오!"

사나이는 불같이 화를 내며 불멘소리를 계속 이었다.

"내 아이는 틀림없이 정상적인 사람으로 성장할 것이오. 반드시 그렇게 될 것이란 말이오!"

사나이는 정말로 그렇게 믿었다. 비록 귀는 없어도 듣고 말하는 능력이 있을 것이라고 확신했다. 그것은 아이가 태어나는 순간 우렁찬 울음을 토해냈기 때문에 생긴 확신이었다.

천성적인 벙어리라면 태어날 때 울지 않는다는 것을 사나이는 상식으로 알고 있었다. 말을 배우기만 하면 귀가 없어도 소리를 두뇌에 전달하는 방법이 있을 것이라는 생각이 뇌리를 스친 것이다.

이때부터 사나이는 줄기차게 아이의 일을 생각하며, 아이에게 맞는 양육방법을 찾기에 골몰했다.

"천지 우주를 관장하고 있는 자연의 법칙만이 우리들에게 해야할 일을 가르쳐주고 있다. 그냥 솔직하게 따르는 것이 좋다. 사람들에게는 각자 살아가는 길이 있다. 귀를 기울이고 조용히 들어보면 올바른 가르침이 너에게도 들릴 것이다."

사나이는 에머슨의 이 말을 입버릇처럼 중얼거리며 희망을 잃지 않으려고 노력했다. 그리고 하루에도 수십 차례씩 아들이 농아가 아니라는 것을 크게 소리쳤다.

"내 아들은 농아가 아니다! 내 아들은 농아가 아니라 정상적인 사람이다!"

이런 눈물겨운 다짐이 사나이의 가슴에 신념처럼 확고하게 굳어졌다. 그 아들은 분명 농아였지만, 사나이에게 있어서 만큼은 결코 농아가 아니었다.

아이는 무럭무럭 자랐다. 짝짝꿍을 따라하는 등 엄마와 아빠에게 곧잘 재롱을 부렸다. 방긋방긋 웃는 모습이 그렇게 예쁠 수가 없었다.

세월은 유수같이 빨라서 훌쩍 두 돌이 지났다. 다른 정상적인 아이들은 말을 배우기 시작할 무렵이었다. 이 무렵에 사나이는 놀라운 사실을 하나 발견했다. 그것은 큰 소리가 들리면 아들의 표정이 소리에 따라 움직인다는 것이었다.

"아아, 이것은 아이에게 청력이 살아 있다는 증거이다!"

사나이는 그것만으로도 뛸 듯이 기뻤다. 만일 조금이라도 들을 수가 있다면 그 능력을 한껏 키울 수가 있을 것이라고 생각했기 때문이었다.

사나이는 아이의 모든 행동을 주시했다. 웃고 우는 모습을 비롯하여 무엇에 관심을 갖는가를 살폈다. 그러기를 계속하던 어느 날, 정말 예기치도 않았던 일로 희망의 빛이 서서히 비치기 시작했다.

그맘때 사나이는 축음기를 샀다. 그런데 아이는 그 축음기가 아주 신기한 모양이었다. 자꾸만 축음기 곁으로 다가갔다. 그리고 축음기에 귀가 있어야 할 부분을 바싹 갖다대고 두 시간 이상이나 레코드를 청취하는 것이었다.

그것으로 모든 것은 명확해졌다. 아이에게는 비록 두 귀가 없지만, 청력이 살아있다는 사실은 분명했다. 사나이는 곧바로 아이를 자기의 무릎에 앉혔다.

그런 후 아이의 두개골에서 비스듬히 아래쪽에 있는 약간 뾰족한 뼈에 입을 대고 말했다.

"아빠는 너를 사랑한단다!"

아이는 그 말을 알아 들었는지 까르르 웃었다. 그 순간 사나이는 마치 콜롬부스가 신대륙을 발견한 것만큼이나 기뻤다. 그것으로써 아이를 교육시키는 방법을 드디어 발견한 것이었다.

아이는 잠자기 전에 옛날이야기를 듣는 것을 무척이나 좋아했다. 사나이는 이야기를 들려주면서 자립심과 상상력을 가지도록 철저하게 훈련시켰다. 그 효과는 의외로 컸다.

"너도 재미있는 이야기를 창작할 수가 있단다. 아빠는 정말 너의 이야기를 듣고 싶다. 이야기를 만들어서 들려줄 수 있겠지?"

"응."

아이는 간단한 대답과 함께 고개를 끄덕였다.

이런 대화를 통해 아이는 말을 배울 수 있었다. 여섯 살이 되었을 때는 스스로 이야기를 창작하여 들려주기 시작했다.

아이가 학교에 입학할 나이가 되었다.

특별한 애정과 배려를 가지고 대화하지 않으면 다른 사람의 말을 들을 수가 없었다. 때문에 정상적인 아이들과 공부할 수가 없었다.

"여보, 우리 볼레일을 농아 학교에 보내야 하겠지요?"

아내의 말에 사나이는 정색을 했다.

"그건 안 되오. 우리 볼레일은 정상적인 아이요. 다른 아이들과 마찬가지로 정상적인 생활을 배울 수가 있소. 나는 절대로 볼레일을 농아 학교에 보내지 않겠소. 또 수화를 가르치는 것도 하지 않겠소!"

사나이의 결심은 단호했다. 그 누구도 그의 철석같이 굳은 신념을 꺾을 수가 없었다.

그래서 아이를 정상적인 학교에 입학시켰다. 물론 학교의 사무국과 심한 논쟁이 있었다. 하지만 그것을 끈질기게 설득하여 끝내 극복했다.

"볼레일, 너는 모든 것을 잘할 수 있어. 귀가 없어도 선생님들은 친절하게 대해 줄 것이고, 친구들도 너를 좋아할 게야. 그리고 머잖아 너도 형처럼 신문도 팔 수 있을 거야. 아빠 말을 믿을 수 있겠지?"

학교에 입학시키기에 앞서 아버지는 아들에게 매번 이런 말을 들려줬다. 아들은 아버지의 그 말을 절대적으로 신뢰하고 따랐다.

아들의 학교 성적은 좋았다. 정상적인 아이들에 비하여 조금도 뒤떨어지지 않았다. 그것은 부모들이 정성으로 그날 배운 것에 대해서 복습을 시켰고, 또한 다음날 배울 것을 철저히 예습시켰기 때문이었다.

선생님들도 기특한 소년이라고 귀여워했다. 친구들도 큰 소리로 대화를 했기 때문에 의사소통에 큰 불편은 없었다.

"아빠, 엄마! 이제는 나도 형처럼 신문을 팔겠어요."

볼레일의 또렷또렷한 그 말에 부모는 깜짝 놀랐다. 너무 대견하여 기쁘기도 했지만, 한편으로는 걱정이 되었다.

"아직은 안 된다. 좀더 커야 한다. 형만큼 컸을 때 하려므나."

"잘할 수 있어요. 그러니 허락해 주세요."

"아직은 안돼!"

부모는 아들의 청을 끝내 허락하지 않았다.

다음날 오후, 볼레일의 부모는 외출했다가 밤이 늦게서

야 집으로 돌아왔다. 아들은 자기의 방에서 곤히 잠들어 있었다. 그런데 손에 뭔가를 꼭 쥐고 있었다. 자세히 보니 돈이었다.

"볼레일이 무슨 돈을 쥐고 있죠?"

"글세……?"

어머니는 아들의 손을 펴고 돈을 헤아려 보았다. 42센트 였다.

"얘가 돈이 어디서 났을까요?"

"그걸 내가 어떻게 아나. 에미일 아주머니에게 물어보면 알 수 있을지도 모르지."

어머니는 즉시 가정부 에미일을 불러 물어보았다. 그녀는 죄송하다는 표정을 지으며 대답했다.

"제가 청소를 하고 있을 때 블레일이 부엌의 창을 통해 바깥으로 빠져나갔어요. 구둣방에서 6센트를 빌려 신문 살 밑천을 만들어 신문팔이를 했대요. 그 돈은 구둣방에서 빌린 돈을 갚고 남은 것인가 봐요. 죄송합니다. 제가 블레일을 잘 감시하지 못하여 이런 일이 생겼습니다."

가정부의 말에 부모는 감격했다.

어머니는 눈시울을 붉혔고, 아버지는 환호성을 질렀다.

"세상에 이런……. 녀석이 기특하게도 혼자서 해냈어! 승리를 한 거야. 승리를 했어!"

아버지는 기쁘고 흐뭇하기 한량없었다. 아들이 자신의 의지와 힘으로 신문을 팔았다는 그 사실은, 용기와 자립심을 갖췄다는 의미였기 때문이었다.

블레일은 건강하고 씩씩하게 성장했다. 선생님이 큰소리로 이야기하지 않으면 강의를 알아듣지 못했지만 피나는 노력으로 대학에 진학할 수 있었다.

그동안 부모와 형이 블레일에게 보인 뜨거운 애정은 말로 형용할 수 없었다. 공부를 비롯한 모든 면에서 각별한 신경을 쓰며 그림자처럼 그를 보살폈다. 큰 효과는 없었지만 청력을 찾아주고자 갖은 방법을 다했다. 그런 애정에 힘입어 블레일은 밝고 건강한 모습의 청년으로 성장하여 어엿한 대학생이 된 것이다.

블레일이 대학 2학년에 다니던 어느 봄날의 오후였다. 어머니는 정원에 곱게 피어 난 꽃들에 취해 있었다. 그 정취를 방해라도 하려는 듯 전화벨이 요란스럽게 울렸다.

"누굴까?"

어머니는 무심코 전화기를 들었다.

"어마니 저예요. 블레일이에요!"

이 소리에 어머니는 자신의 귀를 의심하며 크게 소리쳤다.

"아니, 너 블레일이 아니냐? 네가 어떻게 전화를 다 했느냐?

블레일의 떨리는 목소리가 전화기를 통해 귓속을 파고들었다.

"어머니, 들려요! 이제는 똑똑히 들려요. 어머니의 말씀도 교수님의 강의도 분명히 들을 수가 있단 말이에요."

"그게 정말이냐?"

"정말이에요. 제가 지금 이렇게 어머니와 통화를 하고 있잖아요."

"아아, 하느님!"

어머니는 자기도 모르게 뜨거운 눈물이 흘러내리는 것을

주체할 수 없었다.

블레일은 정말로 큰소리가 아니더라도 대화할 수 있게 되었다. 믿기 어려운 이 일은 아주 우발적으로 일어났다. 블레일이 대학교에 입학했을 때 어느 메이커에서 블레일에게 보청기를 보내왔었다. 그러나 블레일은 보청기에 대하여 이미 기대감을 버리고 있었다. 고등학교를 마칠 때까지 헤아릴 수도 없이 많은 보청기를 실험해 보았지만 번번이 실망했었다. 그래서 그 보청기를 아예 실험도 해보지 않고서 책상서랍 속에 처박아 두었다. 그러다가 1년이 지난 어느 날 무심코 그 기구를 실험해 보았는데, 거짓말처럼 소리를 들을 수 있게 된 것이다.

블레일은 새로운 소리의 세계에 황홀감을 느꼈다. 세상이 달라 보이기 시작했다. 그래서 자기에게 소리를 듣게 해 준 그 보청기 메이커에게 진심으로 감사하는 장문의 편지를 보냈다. 그것이 다른 행운을 가져왔다. 블레일의 편지를 받은 보청기 메이커가 그를 뉴욕으로 초청한 것이다. 그는 공장을 구경하면서 숱한 경험을 통해 얻은 보청기의 장단점이나 아이디어를 말했는데, 그것이 인정되어 특채되었다.

그후 블레일은 귀머거리로 일생을 보내야하는 불행한 사람들을 위해 일했다. 수많은 난청자들이 소리를 들을 수 있었음은 물론이다.

"사람은 실패하기 위해서 창조되지 않았다는 헤밍웨이의 말은 진리이다. 인간의 불행에는 그와 동등한 가치가 감추어져 있다."

아들에게 농아를 극복하게 했던 훌륭한 아버지의 말이

다. 불행을 전환시켜 그 이상의 가치를 창조하는 방법을 생각해내고, 그것에 의해 장래의 수입과 행복을 약속받을 수 있게 아들을 교육시킨 아버지는 데일 카네기이다.

D. 카네기는《사람을 움직이는 비결》이란 책으로 우리에게도 널리 알려진 사람이다. 그는 양쪽 귀가 없이 태어난 아들의 교육을 위해 애쓰는 동안 얻은 지식과 경험을 바탕으로 탁월한 성공학 강사가 되어 미국 전역을 누볐다.

인력(人力)을 다하고 천명을 기다려라! 스스로 최선을 다하여 자기를 구하려고 노력하는 자만이 하늘의 구함을 받는다.

<동양 명언>

무엇이 사람을 고결하게 만드는가

타의 귀감이 될 훌륭한 여자들에 관한 이야기를 모아 엮은 유향(劉向)의 《열녀전(烈女傳)》에 다음과 같은 이야기가 나온다.

초(楚)나라 백공승(白公勝)의 아내 정희(貞姬)는 정순하고 신의가 있는 여자였다. 남편 백공이 난을 일으켰다가 섭공 자고(葉公子高)에게 토벌되어 죽자, 그녀는 재가하지 않고 길쌈을 하여 근근이 생계를 유지했다.

그녀는 젊고 빼어나게 아름다운 여자였다. 그래서 오(吳)나라의 왕 부차(夫差)가 엄청난 예물을 보내 그녀의 환심을 사려고 했다. 정희는 그 예물을 사양하며 이렇게 말했다.

"지금 대왕께서는 제게 황금과 구슬을 보내어 초빙하시고, 장차 아내로 삼고자 하시옵니다. 하오나 저로서는 대왕의 뜻을 받아들일 수가 없습니다. 대저 의(義)를 버리고 욕망을 따르는 것은 오물(汚物)이요. 이(利)를 보고 죽음을 잊는 것은 탐욕(貪慾)입니다. 제가 지조를 버리면 오물과 탐

욕으로 가득찬 여자일진데, 그런 여인을 대왕께서 어떻게 배필로 삼으실 수가 있겠습니까? 저는 충신은 남을 도움에 있어 힘으로 하지 않고, 정녀(貞女)는 남에게 줌에 있어 미색(美色)으로 하지 않는다는 말을 들었습니다."

　정희는 부귀영화의 유혹을 물리치고 끝까지 절조를 지켰다.

　세상의 모든 행복과 아름다움은 여자로부터 나온다. 죄악과 범죄도 역시 그렇다. 따라서 지혜롭고 현명한 여성이 많은 사회는 밝고 건전하며, 저속하고 아둔한 여성이 들끓는 사회는 혼탁하고 시끄럽게 마련이다.

　진정으로 훌륭한 여성은 조용하다. 깊은 물처럼 소리없이 흐르면서 주위를 동화시킨다. 검소한 부자, 겸손한 식자(識者), 내면이 성숙한 여인이 내뿜는 향기는 경박한 자랑보다 백배 천배의 가치를 지닌다. 다음은 그런 여자의 이야기이다.

　월사(月沙) 이정구(李廷龜)는 장유(張維)·이식(李植)·신흠(申欽)과 더불어 한문 4대가로 꼽히는 사람이다. 그는 문필쌍전(文筆雙全)으로 유명할 뿐만 아니라 청백리로도 이름을 날렸다. 그의 외손자는 홍주원(洪柱元)인데, 그는 정명공주(貞明公主; 선조의 맏딸)의 배필이다.

　월사가 좌의정으로 있을 때, 정명공주 댁에서 며느리를 맞아들이는 잔치가 벌어졌다. 대갓집 경사라서 권문세가의 안주인들이 하객으로 참집했다. 아침부터 그 행렬은 이루 말할 수 없을 정도로 호화스러웠다. 그것은 마치 호사스러움을 다투는 경연장을 연상시키게 하기에 충분했다.

"와, 정말 대단하군 대단해! 나는 생전 처음 보는 장관일세."

"나도 육십 평생 저런 구경은 일찍 해보지 못했네."

"하기야, 공주마마 댁의 혼사이니 나라의 지체 높은 사람들은 다 모이겠지, 뭐!"

"아무리 그래도……, 저렇게 화려할 수가……."

마을 사람들은 일없이 삼삼오오 주변에 모여 잔치에 참석한 부인들의 화려한 모습에 넋을 잃고 구경하고 있었다.

어떤 이들은 그 화려함의 정도에 따라 남편의 벼슬을 점치기도 했다.

"저 여자는 정경부인(貞敬夫人)쯤 될까?"

"너무 젊잖아. 차림새로 보아하니 부부인(府夫人)이거나 군부인(郡夫人) 같기도 한데……."

"저들은 맨날 치장만 하고 사나?"

"허허, 팔자 좋은 대갓집 마님들이 일을 하겠나 뭣을 하겠나? 치장이나 해야지."

구경하는 사람들의 마음도 제각각 달랐다. 어떤 사람은 한없는 부러움을 표하는데 반하여 어떤 사람은 마구 빈정거렸다. 또 노골적인 적개심을 표출하는 사람도 있었고, 무슨 이유 때문인지 질질 침을 흘리는 사람도 있었다.

"저기 또 가마가 온다!"

"이번에는 뉘댁 마님일까?"

"보면 알겠지."

구경꾼들이 이렇게 말하는 동안 사인교 하나가 소슬대문 앞에 당도하여 멈추었다. 이윽고 가마에서 한 늙은 부인이 내렸다. 백발이 성성한 그 부인의 차림새는 너무 수수하고 소탈했다.

"누굴까?"

"글세? 잔치에 초대된 사람은 아닌 것 같은데……."

"가마를 탄 것으로 보아서는 양반집 부인 같잖아?"

"이 사람아, 가마를 타고 왔다고 해서 모두 대갓집 마님인가? 뉘댁 심부름하는 하녀가 분명해."

"하긴……, 저렇게 초라한 행색의 부인이 오늘 공주마마 댁으로 들어가는 것을 한번도 보질 못했어."

구경꾼들이 이렇게 수군거리는 것도 무리는 아니었다. 수십 명에 달하는 부인들이 가마에서 내려 집안으로 들어갔지만, 모두 공작의 날개가 무색할 정도로 몸치장이 요란했다. 그런 것과 비교할 때 늙은 부인의 수수한 차림은 상대적으로 초라하게 보이는 것이었다.

그래서 '옷이 날개'라는 말이 생겼는지도 모른다. 사람들은 모르는 사람을 만날 때에 흔히 외관적인 것으로 평가하는 경우가 많은 것이다.

공주 댁 안채의 육간 대청에는 화사하게 차려입은 귀부인들이 바글바글했다. 외명부의 품계에 따라 나름대로 질서 정연하게 앉아 음식을 들며 담소를 나누고 있었다. 그녀들은 천천히 안마당을 걸어오는 소박한 늙은 부인을 거들떠 보지도 않았다.

그런데 그 부인이 섬돌 위에 오를 때 주인인 정명공주가 보았다.

"어머나!"

공주는 반색을 하면서 자리에서 벌떡 일어서더니 버선발

로 섬돌 아래까지 뛰어 내려갔다.

"어서 오십시오."

공주는 함박웃음을 지으며 노파의 손을 잡았다.

"공주마마, 경하하옵니다."

"감사합니다. 귀하신 어른께서 여기까지 왕림해 주셔서 정말 영광이옵니다."

일순간에 좌중의 시선이 두 사람에게 쏠렸다. 그 시선에는 놀라움과 호기심이 가득 담겨 있었다. 여기저기서 옆 사람들과 수군덕거리는 모습이 보였다.

"저 노파가 누군데 공주마마께서 저러시지요?"

"행색으로 보아서는 여염집 노파처럼 보이는데……."

"어쨌든 체통을 생각하시지 않고 맨발로 섬돌까지 내려간 것은 너무 보기에 흉한 것이 아닙니까?"

"그렇구말구요. 우리가 들어올 때는 대청에도 안 나오시던 공주마마께서 저렇게 체모없는 일을 하시다니요."

이런 말을 속삭이는 귀부인들의 표정은 묘하게 일그러져 있었다. 질투심 때문에 눈살을 찌푸리며 입을 삐쭉거리는 부인도 있었다.

"이쪽으로 앉으십시오."

공주는 노파에게 맨 윗자리를 권했다.

"아, 아닙니다! 공주마마께서 상석에 앉으셔야지요."

"사양하실 일이 따로 있습니다. 어서 앉으십시오."

노파는 몇 번이나 사양하다가 상석에 앉았다. 그러자 공주는 다시 잔치상을 봐오게 하고 온갖 극진한 예의를 갖추어 소박한 차림의 노파를 접대했다.

노파의 행동거지는 점잖으면서도 기품이 있었다. 말투는

부드러우면서 겸손했고, 잔잔한 미소는 보는 사람의 마음을 편안하게 만드는 힘을 지니고 있었다.

적당히 시간이 흐른 후에 노파는 그윽한 눈으로 공주를 응시하며 나직히 입을 열었다.

"공주마마, 오늘 너무 지나친 환대를 받았습니다."

노파는 공손히 묵례를 하고 자리에서 일어났다.

"아니, 왜 벌써 가시려고 그러십니까?"

공주도 덩달아 일어서며 노파의 두 손을 꽉 잡았다.

"공주마마께서도 저희 집 사정을 잘 아시지 않습니까? 바깥양반과 자식들이 퇴청하기 전에 해두어야 할 일이 있사옵니다."

"아직도……, 아직도 손수 집안일을 하시다니요! 이젠 그런 허드렛일은 아랫사람들에게 시키시는 것이 좋지 않겠습니까? 부군(夫君)께옵선 이 나라의 좌상대감이옵고, 두 아드님도 대감의 반열에 있는 분께서 부엌일을 손수 하시다니요……."

공주의 이 말에 좌중의 모든 귀부인들은 깜짝 놀랐다. 어느 미관말직의 노모쯤으로 알고 업신여기기까지 했던 그녀들이었다. 그런데 그 소박한 노파가 좌의정의 아내요, 이 조판서의 어머니였으니…….

"그럼, 즐거운 시간들 보내십시오."

월사의 부인은 좌중의 귀부인들에게 정중히 인사를 하고 자리를 떴다. 정명공주가 그녀를 배웅하기 위해 문밖까지 따라나갔다.

"그 노부인이 좌상대감의 부인이었다니……."

월사의 부인과 정명공주가 밖으로 나가자 좌중이 술렁거

렸다.

"난 옷차림이 너무 소탈하시기에 어느 미관말직의 노모 정도로만 생각했어요. 정경부인인 줄 알았더라면 인사라도 올려 둘 것을……. 큰 실수를 했어요."

"누가 아닙니까? 예의범절을 모른다고 흉이라도 보시지 않으실지 걱정입니다."

만당의 부인들은 자기네의 지나친 호사를 뉘우치고, 월사의 부인을 얕보았던 것을 스스로 책망하기에 여념이 없었다.

아름다운 빈자

　유관(劉寬)은 세종 때 우의정을 지낸 사람으로 청백리(淸白吏)에 녹선(錄選)된 조선의 명신(名臣)으로 호는 하정(夏亭)이다.

　동대문구 신설동과 성북구 보문동에 걸쳐 있는 지역은 현재 번화한 거리로 변모해 있지만, 조선시대에는 우산각 골(雨傘閣里)이라고 부르는 한적한 마을이었다.

　세종 6년(1424)에 우의정에 오른 유관이 이 마을에 살았다. 그는 일찍이 고려 말부터 벼슬살이를 하였다. 그러나 워낙 청렴결백한 사람이었고, 또 어려운 사람을 보고 그냥 지나치지를 못하여 항상 가난했다.

　유관의 집은 동대문 밖에 있었는데, 울타리도 없는 삼간 초가였다. 일국의 정승이 그런 집에서 산다는 소문은 세종의 귀에까지 들어갔다.

　"음……!"

　세종은 선공감(善工監)을 불러 은밀히 분부를 내렸다.

　"유 정승이 울타리조차 없는 오막살이에 살고 있다는 말을 들었소. 자세한 사정을 알아보고 오도록 하시오."

어명을 받은 선공감은 즉시 대궐을 나와 동대문 밖에 있는 유관의 집으로 갔다. 과연 정승의 집치고는 너무 초라하고 허름했다. 지나가는 행인들이 안방까지 들여다볼 정도였다.

"허, 세상에……!"

선공감은 자기가 본 그대로를 세종께 아뢰었다.

"그런 사람이 이 나라 조정의 정승으로 있는 것은 과인에게 홍복(洪福)이로다."

세종은 크게 감탄하여 선공감에게 명을 내렸다.

"아무도 모르게 밤중에 가서 삿자리로나마 집을 둘러치도록 하시오. 그러나 그 일을 유 정승이 알게 해서는 안되오."

"예, 분부대로 거행하겠습니다."

이렇게 해서 유관의 집에 갈대로 엮은 삿자리 울타리가 생겼다. 그 후 세종은 알게 모르게 유관을 도와주었지만, 그는 불우한 사람을 위하여 아낌없이 다 썼다.

서거정의《필원잡기(筆苑雜記)》에 이런 내용이 실려 있다.

어느 해 여름, 장마가 한 달이 넘도록 지루하게 계속되었다. 유 정승의 허름한 초가는 오랫동안 이엉을 잇지 못해 지붕에서 물이 세어 방으로 줄줄 흘러내렸다. 유관은 우산을 쓰고 책을 읽고 있었고, 정경부인은 방에 찬 물을 밖으로 퍼내고 있었다. 이 때 유관은 부인을 향해 이렇게 말했다.

"우산이 없는 사람들은 이 빗속에서 어떻게 지내겠소?"

부인이 다소곳이 대답했다.

"우산이 없는 집은 다른 준비가 있겠지요."

이 말에 유관은 빙그레 웃었다.

이때부터 마을 사람들은 유관의 집을 우산각(雨傘閣)이라고 불렀다. 또 이 마을에 우산각이 있다 해서 우산각리라고 불렀는데, 훗날 우산각리의 음이 변해 우선동(遇仙洞)이 되었다고 한다.

유관은 청렴결백하면서도 성실한 사람이었다. 높은 벼슬살이를 하면서 쉬는 날이면 밭에 나가 손수 김을 매고 농사일을 하였다.

하루는 한 젊은 과객이 들판을 지나다가 밭일을 하고 있는 유관을 보았다.

그 과객이 보기에는 유정승이 꼭 늙은 농군으로 밖에 보이지 않았을 것이다.

"여보시오, 영감! 내가 먼 길을 왔더니 몹시 목이 마르오. 물 좀 얻어 마실 수 없겠소?"

우물은 마을로 들어가야 있었고, 유관은 따로 준비한 물이 없었다. 그래서 유관은 마을로 가야 물을 마실 수 있다고 정중하게 일러주었다.

"그러니까 이렇게 부탁하는 것이 아니오."

젊은이는 거드름을 피우며 계속 말을 이었다.

"영감이 가서 물 좀 떠오시오. 내가 수고비를 주겠소."

유관은 젊은이의 얼굴을 유심히 보았다. 희멀쑥한 얼굴에 키가 늘씬했다. 차림새로 보아 어느 부잣집 아들로 보였는데, 사람을 대하는 태도하며 말투에 버릇이 없었다.

"허허, 조금만 더 가면 마을이 있다오. 그러니 피곤하더라도 좀 더 걸으시오."

유관은 이렇게 말하고 밭일을 계속했다.

"쳇! 영감태기가 배가 불렀군 돈을 준다는데……."

젊은이는 이렇게 투덜거리며 신경질적으로 침을 뱉았다.

'뉘 집 자식인지 모르지만 버릇이 너무 없군. 쯧쯧……'

유관은 속으로 혀를 차며 다시 젊은이의 얼굴을 보았다. 그러자 젊은이는 뚱한 표정으로 인사도 하지 않고 자리를 떴다.

그로부터 며칠이 지났다. 유관은 호조판서 집에 잔치가 있어 다른 정승들과 함께 귀빈으로 참석했다.

"제 자식놈입니다."

호조판서가 한 젊은이를 데려와 인사를 시켰다. 유관은 절을 올리는 그 젊은이가 눈에 익었다. 어디서 봤더라? 잠시 생각해보니 며칠 전 밭에서 물을 청했던 바로 그 젊은이였다.

'세상이 참 좁구나!'

호조판서의 아들은 전혀 유관을 알아보지 못했다. 그럴 만도 했다. 들판에서 허름한 옷을 입고 밭일을 하던 노인을 누가 일국의 정승이라고 생각할 수가 있겠는가!

"여보게, 이 늙은이가 몹시 목이 마른데 물 좀 얻어 마실 수 없겠나? 그대가 물을 떠오면 내가 수고비는 주겠네."

유관은 짐짓 모른 체하며 점잖게 말했다. 이 말에 호조판서의 아들은 유관의 얼굴을 다시 보고 소스라쳤다.

"소인이 지체 높으신 어르신을 몰라 뵙고 죽을 죄를 지었습니다. 무어라고 사죄의 말씀을 올려야 할는지 모르겠습니다."

호조판서의 아들은 백배사죄하며 용서를 빌었다.

"잘못을 알았다면 다행이네. 앞으로는 겸손을 배우시게. 선비가 예의염치(禮義廉恥)를 모르고서 어찌 선비라고 할 수 있겠는가?"

유관은 정승의 반열에 올랐어도 제자들을 가르치는데 게을리하지 않았다. 때문에 배우러 오는 사람들이 많았는데, 언제나 찾아오는 사람의 이름을 묻지 않았다. 그 까닭은 누구나 차별하지 않고 대해 주기 위해서였다.

그의 청렴하고 고결한 인품을 존경하는 사람들은 어떻게 해서든지 그를 도와주려고 했다. 그러나 그는 단호히 거절하며 이렇게 말했다.

"친구 사이에 재물을 나눠 쓰는 것은 의리일세. 그러나 헐벗고 굶주리지도 않는 친구에게 재물을 주는 것은 옳지 않네. 그런 재물이 있으면 주변에 있는 불우한 사람을 돕게나."

유관은 집에 찾아오는 손님에 대해서는 지위 고하를 막론하고 친절히 대했다. 가난하지만 항상 몇 사발의 막걸리를 대접했는데, 안주는 소금에 절인 콩이 전부였다. 그러나 손님 접대가 형편없다고 말하는 사람은 아무도 없었다.

유관의 이름은 원래 '너그러울 관(寬)'을 쓴 것이 아니라 '볼 관(觀)'을 썼다.《임하필기(林下筆記)》에 그가 이름을 바꾼 까닭이 적혀있다.

그의 아들 유계문(柳季聞)은 태종 8년(1408)에 문과에 급제하여 벼슬길에 올라 세종 때 경기도 관찰사(觀察使)로 제수되었다. 그러자 계문은 관직 이름의 관(觀)자가 아버지의 이름과 같기 때문에 기휘(忌諱) 관습에 따라 벼슬을 사퇴하려고 했다. 이때 유관은 스스로 이름을 바꾸면서 이렇게 말했다.

"아비가 자식의 앞길을 막아서야 되겠는가!"

유계문도 아버지의 성품을 닮아 청렴했다. 그는 문장과 글씨가 뛰어나서 태종이 승하하자 왕명을 받아 '금자법화경(金字法華經)'을 썼다.

세종 15년(1433) 5월, 유관은 78세로 세상을 떠났다. 세종은 그의 죽음을 애통하게 여겨 흰옷을 입은 다음 백관을 거느리고 울었다고 한다.

한 나라의 정승이 유관처럼 청렴결백한 생활을 끝까지 지킨 것은 그리 흔한 일이 아니다. 그래서 선조 때의 실학자 이수광(李晬光)은 유 정승이 근근이 비를 가렸다는 고사(故事)를 널리 알리고, 그 유적과 정신을 후세에 기리기 위해 그 집터에 비우당(庇雨堂)을 지었다.

이 '비우정신(庇雨精神)'이야말로 조선시대 공직 사회에 청백한 기풍을 불어넣었다고 할 수 있다.

천한 직업은 없다

링컨이 대통령이 된 뒤의 일이다. 어느 날 아침 백악관에서 비서가 대통령에게 급한 용무가 있어서 찾아가려고 복도로 나갔다. 비서가 무심코 걸어가려니까 한모퉁이에서 구부리고 앉아 신을 닦고 있는 사람이 있었다.

비서가 수상쩍게 여기고 자세히 보니, 그 사람은 다름 아닌 자기가 찾고 있는 링컨 대통령이 아닌가! 그렇지 않아도 링컨 대통령을 헐뜯는 사람들이 '링컨 대통령은 시골 뜨기라서 대통령으로서 품위가 없다'고 비난하는 소리를 듣고 있던 터라 비서는 대통령에게 충고를 해야 할 때가 바로 이때라고 생각했다.

그래서 비서는 대통령에게,

"각하! 대통령의 신분으로서 그런 일을 하신다면……. 더욱이 다른 사람들이 그것을 본다면, 좋지 않습니다."

하고 말했다. 이 말을 들은 링컨은 슬며시 웃으면서 다음과 같이 말했다.

"아, 신을 닦는 것이 부끄러운 일인가? 그렇게 생각하는 자네들이 잘못이 아닐까? 대통령이나 구두닦이나 다같이 세상일을 하는 공복(公僕)이네."

이렇게 말하고 잠시 쉬었다가 그는 다시 말을 이었다.

"세상에는 천한 직업이라고는 없네. 다만 천한 사람이 있을 뿐이지."

사람은 자기가 종사하고 있는 곳의 사무에 충실하지 않으면 안 된다. 그 일의 대소경중(大小輕重)을 가리지 않고 어떻든 책임을 게을리하는 자는 독립 자존심이 없는 인간인 것이다.

<후꾸자와 유끼찌>

사람의 머리가 귀하다 함은

옛날 인도에 아주 겸손한 왕이 있었다. 온 나라를 지배하는 왕의 신분이었지만 누구에게나 공손히 머리를 숙였다.

권위를 내세우는 몇몇 신하들은 왕의 그러한 겸손에 불만이 많았다. 그중 한 신하가 어느 날 왕에게 간(諫)했다.

"사람의 신체 중 가장 귀한 것은 머리입니다. 더구나 폐하께서는 나라에서 가장 귀하신 몸인데 머리를 함부로 숙이시는 것은 크게 잘못된 일입니다. 왜냐하면 폐하께서 머리 숙이시는 것을 신하들이나 백성들 입장에서 보면 인사를 받는 것이 아니라 도리어 불편함을 느끼게 되기 때문입니다."

이 말을 들은 왕은 아무 말도 하지 않았다. 따라서 권위주의 신하들은 앞으로 왕이 머리를 숙이는 일이 없으리라고 생각했다.

며칠이 지난 후에 왕은 머리를 숙이지 말라고 말했던 신하를 불러 말 해골과 고양이 해골, 그리고 사람의 해골을

주며,

"이것을 궁 밖으로 가지고 가서 팔아 오시오."

하고 명령했다.

왕의 명령을 받은 신하는 세 가지의 해골을 들고 왕궁을 나섰다. 온종일 발이 부르트도록 민가를 돌아다니며 설득을 해도 선뜻 사겠다고 나서는 사람이 없었다.

그런데 해질 무렵에 어떤 집에서 고양이 해골을 샀다. 정월 초하룻날 고양이 해골을 사면 쥐가 없어진다는 이유에서였다.

고양이 해골을 팔고 얼마를 가려니까 어떤 농부가 이번에는 말 해골을 샀다. 그것을 문에 달아두면 그해 병이 없어진다는 이유에서였다.

그렇게 하여 어쨌든 두 가지를 팔았다. 그러나 사람의 해골은 누구도 거들떠보지를 않았다. 아무리 사라고 목청껏 소리쳐도 소용없었다.

밤이 이슥해지자 신하는 지친 몸을 이끌고 왕궁으로 돌아왔다. 팔리지 않은 사람의 해골을 쟁반에 받쳐들고 왕에게 나아가 아뢰었다.

"고양이와 말의 해골은 팔았지만 사람의 해골만은 도저히 팔 수 없었습니다. 그 누구도 거들떠보지 않을 뿐만 아니라 오히려 신을 미친놈이라고 비웃었습니다."

이때 왕은 빙그레 웃으면서,

"그대가 얼마 전에 나에게 말하기를, 사람의 머리가 제일 귀중하다고 했지 않았는가? 그런데 지금 보니 말이나 고양이만도 못하지 않는가?"

하고 말했다. 그리고 잠시 후에 타이르듯이 다시 말을 이었다.

"사람들의 머리가 귀하다 함은 착한 일을 하고 예의가
바르기 때문이오. 만약 그것이 없다면 고양이나 말 대가리
보다 못하다는 것을 오늘 그대가 실제로 체험한 것이오."

선과 악은 그 행실보다 마음에 있다. 비록 착한 일이라
도 이를 자랑하면 착한 것이 못되고, 비록 악한 일이라도
이를 고치면 악이 아니다.

사람이 가장 삼가야 할 것은 교만한 성품이며, 잘 키워
야 할 것은 겸손한 성품이다. 사람이 귀하게 되는 것은, 악
을 멀리하고 선을 가까이 하려는 의지가 있기 때문이다.

참회의 눈물

행실이 아주 좋지 못한 아들을 둔 과부가 있었다. 과부는 아들에게 착한 사람이 되라고 수없이 타일렀지만 소용이 없었다.

어느 날 과부는 생각한 바가 있어 아들에게 망치와 못을 주며 말했다.

"오늘부터 네 스스로 좋지 못한 일을 했다고 생각될 때마다 기둥에 못 한 개씩을 박아라!"

과부의 이 말을 들은 아들은 쾌히 승낙했다. 어머니의 소원이라는데 그까짓 쉬운 일 한 가지쯤 못 들어줄 이유가 없었다. 또 한편으로 그렇게 하는 것도 재미가 있을 것 같았다.

이날부터 아들은 못된 짓을 할 때마다 기둥에 못 한 개씩을 박았다. 한 개 두 개 박히던 못은 오래지 않아 고슴도치의 가시처럼 기둥에 빼곡하게 박히게 되었다.

어느 하루, 그날도 아들은 못을 박으려고 기둥 앞에 섰다. 그때 순간적으로 느끼는 바가 있었다. 자기 스스로 못된 짓이라고 깨달은 것만 헤아려도 저렇게 많은데 남이 볼 때에는 얼마나 많은 죄를 저질렀을까를 생각하게 된 것이다.

그날 밤, 아들은 지난날의 여러 가지 일을 생각했다. 나쁜 짓을 할 당시에는 그 일이 세상에 다시 없이 재미있고 즐거웠었다. 그런데 지내놓고 보니 견딜 수 없이 후회스러운 것이었다.

그런 생각을 하게 된 아들은 밤새도록 참회의 눈물을 흘렸다. 세상에 태어나서 처음으로 눈물을 흘렸다 세상에 태어나서 처음으로 뉘우치는 눈물을 흘린 것이었다.

다음날 아침, 아들은 어머니 앞에 엎드려 통곡을 하며 지난날의 잘못을 용서해달라고 빌었다. 그 순간 과부의 눈에도 감격의 이슬이 맺혔다.

과부는 두 뺨에 흐르는 눈물을 닦아낸 후 차분하게 가라앉은 소리로 말했다.

"자! 이제 눈물을 거두어라. 너의 잘못을 깨달았다면 그걸로 되었다. 앞으로는 다시 죄 짓지 않고 좋은 일을 하면 된다. 앞으로는 좋은 일을 할 때마다 기둥에 박힌 못을 한 개씩 뽑아내도록 해라!"

이날부터 아들은 사람이 달라졌다. 어제까지는 좋지 못한 일을 골라가면서 저질렀으나, 이날부터는 착한 일만을 하는 사람이 되었다. 그리고 얼마간의 세월이 흘렀을 때는 기둥에 가득 찼던 못이 다 빠졌다.

기둥의 못이 다 빠지자 아들은 무척 기뻐했다. 그러나 가슴 아픈 것은, 기둥에 못이 박혔던 자국은 그대로 남아 있는 것이었다.

그후 아들은 그 못자국을 볼 때마다 죄에 대해 경각심을 가지게 되었다. 한 번 옳지 못한 일을 저지르면 그것이 완전하게 아물지 않는다는 것을 깨닫게 되어 그것을 보상하기라도 하듯이 더욱 선행에 힘썼다.

현모는 웃는 얼굴로 자식에게 훌륭한 지혜를 가르치고, 우둔한 어머니는 시끄럽게 꾸짖으면서 자녀에게 반항심만 깊이 심는다. 자식들의 운명은 언제나 그 어머니가 만드는 것이다.

사람을 알아본다는 것

한때 공자는 진(陣)나라와 채(蔡)나라 사이에서 매우 곤궁한 생활을 했다. 그 당시 공자는 7일 동안이나 음식을 먹지 못하고 굶주렸다. 스승이 굶주리자 안회(顔回)라는 제자가 매일 양식을 구하러 다녔다.

이레째 되던 날 안회는 마침내 양식을 구했다. 스승에게 밥을 지어 올린다는 생각에 기쁜 마음으로 밥을 짓고 있는데, 달그락거리는 소리를 들은 공자가 문틈으로 부엌을 내다보았다. 거의 밥이 다되었을 무렵에 안회는 솥을 열고 덥석 밥 한술을 떠먹었다. 그것을 본 공자는 안회를 마음속으로 무척 괘씸하게 생각했다.

얼마 후 안회가 밥상을 들여왔다. 이때 공자가 말했다.

"방금 잠깐 오수에 취했다가 꿈 속에서 나의 아버님을 만났다. 모처럼 만에 대하는 쌀밥이니 먼저 아버님께 드려야겠다."

이 말을 들은 안회는 깜짝 놀라며 황급히 말했다.

"안 됩니다 스승님, 방금 전에 솥을 열어보니 쌀밥에 수

수가 들어 있었습니다. 스승님께 쌀밥을 대접하고 싶은데, 그렇다고 수수도 먹는 음식이라 버릴 수는 없고 해서 제가 집어 먹었습니다. 제가 먼저 입을 댄 음식을 영전에 올릴 수는 없는 일입니다. 용서하여 주십시오."

그 말에 공자는 탄식하며 말했다.

"눈은 믿을 수 있는 것이지만, 때로는 눈도 믿을 것이 못되는구나. 이와 마찬가지로 마음은 의지할 수 있는 것이지만, 때로는 의지할 것이 못된다. 사람을 알아본다는 것처럼 어려운 일은 없구나."

사람의 인체 중에서 가장 진실한 부분이 눈이다. 눈은 있는 그대로를 본다. 또 본 것에 대해서는 믿는다. 거지가 왕자 옷을 입었을 때 왕자로 믿고, 왕자가 거지 옷을 입었을 때는 거지로 믿는다. 이렇듯 눈은 너무도 진실하기 때문에 곧잘 속기도 한다. 그럴싸한 치장에 현혹 당하기 쉽다.

눈으로 직접 보았다고 해서 그것을 절대적인 진실이라고 생각하는 것은 위험하다. 확고한 진실로 믿는 그 마음에 의외로 큰 함정이 숨어있는 경우도 많기 때문이다.

같은 인간이 어떤 사람에게는 선인으로 보이고, 어떤 사람에게는 악인으로 보인다. 또한 어떤 사람에게는 매력이 있는 사람이 어떤 사람에게는 전혀 매력 없는 사람으로 비춰지기도 한다.

　인간은 자기의 눈과 자기를 둘러싼 주위사정에 비치는 것밖에 볼 수가 없기 때문이다.

카나리아의 지혜

어느 왕국의 정원에 어느 날 낯선 새 두 마리가 날아왔다. 어미와 아기 카나리아였다. 두 마리의 새는 그날부터 정원의 가장 큰 나뭇가지에 앉아 방울소리처럼 아름다운 소리로 노래했다.

나라의 왕자는 그 새들이 무척 좋았다. 그래서 아버지인 왕에게 그 새들을 잡아 달라고 졸랐다. 왕은 귀여운 왕자의 부탁인지라 쾌히 승낙하여 군사들에게 새를 잡으라는 명령을 내렸다.

이윽고 군사들이 새 한 마리를 잡아왔다. 아기 카나리아였다. 왕자는 한 마리밖에 잡지 못한 것이 불만이었지만, 한편으로는 한 마리라도 잡게 된 것을 기뻐했다.

왕자는 아기 카나리아를 새장에 넣어 자기 방의 창문틀에 걸어놓고 갖가지 모이를 주며 정성을 다했다. 그러나 아기새는 모이를 조금도 먹지 않고 창 밖을 보며 슬프게 울기만 했다. 창밖의 나뭇가지에 앉아 있는 어미 카나리아도 새장 속에 갇힌 아기 카나리아를 보며 슬프게 울었다.

몇 날이 흘렀다.

며칠 동안 나뭇가지를 떠나지 않고 울기만 하던 어미 카나리아가 어느 날 갑자기 나뭇가지에서 힘없이 땅으로 떨어졌다. 이것을 지켜본 왕자는 배고픔과 슬픔에 겨워 어미 새가 죽은 것이라고 생각하고 마음이 우울해져서 새장 속의 아기새를 보았다.

그 순간 아기새도 새장 바닥으로 툭 떨어졌다. 왕자는 아기새를 너무 좋아했지만, 이미 죽어버린 이상 아무 소용이 없었다. 그래서 새장에서 꺼내 창 밖으로 던졌다.

그러자 죽은 듯이 땅에 떨어져 있던 새가 하늘로 날아오르기 시작했고, 떨어지던 아기새도 덩달아 어미 뒤를 따라 날기 시작하며 방울소리처럼 아름다운 소리로 노래하기 시작했다.

현명한 부모는 행동으로 자녀를 교육한다. 백 마디의 말보다 행동 한 번의 설득력이 더 강하다.

귀부인

어떤 부인이 예닐곱 살쯤 되어 보이는 아들의 손을 잡고 미술품 전시장에 들렀다. 한복을 곱게 차려 입은 부인은 무척이나 미녀였고 차림새도 우아했기 때문에 관람객들의 시선을 끌었다.

부인은 작품 한점 한점을 성의껏 감상했다. 어떤 작품 앞에서는 온화한 미소를 짓기도 하고, 또 어떤 작품 앞에서는 살며시 고개를 끄덕이기도 했다.

부인의 손에 이끌려 다니던 아이는 무척이나 짓궂어서 작품에 함부로 손을 대곤 했다. 그럴 때마다 부인은 나직한 소리로 아이를 자애롭게 타일렀다.

"작품에 손을 대서는 안 됩니다. 조용히 눈으로 보고 마음으로 느껴야 하는 거예요."

아이를 부드럽게 타이르는 부인의 태도에 많은 사람들이 감동했다.

얼마 후, 부인과 아이는 어느 도자기 진열대 앞에 서게 되었다. 아이는 호기심에 자기의 머리보다 높은 곳에 있는 도자기를 만졌다. 부인은 재빨리 전시장 내부를 눈으로 살폈다. 때마침 전시장 안에는 자기와 아들 외에는 아무도 없었다. 그러자 부인이 무섭게 으르렁거렸다.

"이 새끼야! 내리치면 대가리 깨져, 대가리 깨진단 말이야!"

여성은 용모에 대해서 대체로 신경을 많이 쓴다. 그러나 용모 자체보다는 교양을 높이는 데 더 노력을 기울여야 한다. 버나드 쇼는 이런 말을 했다. '미인이란 처음으로 볼 때는 매우 좋다. 그러나 사흘만 계속 집안에서 상대해 보면 더 보고 싶지가 않게 된다.'

여성의 진정한 아름다움은 결코 용모 따위에 좌우되는 것은 아니다.

어느 수녀의 죽음

　어느 전쟁터에서 적병의 숫자가 훨씬 많았기 때문에 어쩔 수 없이 퇴각해야 하는 장군이 부하들에게 다음과 같은 명령을 하달했다.

　"인명과 장비의 손실을 막기 위해 우리는 적에게 알려지지 않은 마을로 절도 있고 신속하게 퇴각해야 한다. 적의 손아귀에서 벗어날 수 있는 유일한 방도는 사막을 가로질러 가는 수밖에 없다. 사막을 행군하는 동안 우리는 수녀원을 지나치게 될 것이다. 우린 그곳에서 식량과 기타 필요한 물품을 조달할 것이다."

　장군의 명령에 따라 사막에서 행군을 며칠 동안 계속하던 어느 날 오래된 요새처럼 생긴 건물에 다다랐다. 병사들은 환호성을 질렀다. 식량을 보급받고 휴식을 취할 수 있는 수녀원에 도착했다는 기쁨 때문이었다.

　병사들이 문을 열고 들어섰으나 한동안 아무런 인기척이 없었다. 이윽고 얼굴만을 드러낸 채 온몸에 검은 옷을 두른 한 여인이 나타났다.

그 여자는 장군에게 그곳이 수녀원이라는 사실을 주지시키면서 병사들이 품위 있는 행동을 해줄 것과 특히 수녀들에게 어떠한 짓도 해서는 안 된다고 신신당부하였다.

장군은 그녀에게 결코 불미스러운 일이 일어나지 않도록 하겠다고 다짐하고, 지금 병사들에겐 먹을 식량이 필요하다고 했다. 그러자 그녀는 병사들을 널찍한 수녀원의 정원으로 데려갔다.

장군은 비열하고 음탕한 사내였다. 그는 근심거리로 한껏 찌들어 있는 마음을 달래기 위해서 수녀를 겁탈하고자 했다. 더러운 색정의 포로가 된 그는 수녀들이 모여 있는 거룩한 장소를 짓밟기로 결심한 것이다.

창문으로 수녀들의 동태를 살피던 장군은 수녀원장이 방심하고 있는 틈을 이용하여 사다리를 타고 한 수녀가 거처하는 방으로 올라갔다. 그 방에는 순진무구한 얼굴에 아름다움을 담뿍 담고 있는 수녀가 있었다.

그녀의 방에 들어선 장군은 칼을 들이대고 소리치면 죽이겠다고 위협했다. 그러나 웬일인지 그녀는 얼굴에 웃음을 머금은 채 아무 말도 하지 않았다. 그건 마친 장군이 원하는 바를 기꺼이 허락하겠다는 모습처럼 보였다. 이윽고 그녀는 장군을 쳐다보며 말했다.

"퍽 피곤해 보이시는데 자리에 앉아 편히 쉬세요."

장군은 먹이를 앞에 둔 맹수처럼 그녀에게 다가갔다. 그러자 그녀가 말했다.

"당신같이 전쟁을 치르고 있는 남자들을 보면 그저 놀라울 따름이에요. 죽음의 옷자락에 뛰어들면서도 전혀 두려워하는 기색이 없으니……."

이 말을 들은 장군이 한마디 했다.

"상황이 날 이 지경으로 만든 거요. 사람들이 나를 겁쟁이라고 놀리지만 않는다면 이 장군자리에 앉기도 전에 진작 도망쳤을 거요."

그녀는 입가에 웃음을 띠고 말했다.

"알고 계실지 모르겠지만 성스러운 이곳 수녀원에 신비스러운 고약이 있답니다. 이 고약을 몸에 바르게 되면 어떤 날카로운 칼에도 상처 하나 입지 않는답니다."

"믿기지가 않는군! 도대체 세상에 그런 고약이 어디에 있단 말이오. 그걸 꼭 좀 써보고 싶소."

"좋습니다. 조금 드리겠습니다."

여러 가지 기이한 미신들이 사람들에게 널리 퍼져 있던 시대인지라 장군은 그 수녀의 말을 의심하지 않았다.

그녀는 항아리를 열고 장군에게 하얀 고약을 보여 주었다. 그걸 본 장군은 갑자기 의심이 동하였다. 그녀는 고약을 조금 꺼내어 목에 문질러 바르고는 장군에게 말했다.

"정녕 의심이 가신다면 제가 증명해 보이겠어요. 그 칼로 온 힘을 다해 내 목을 내리쳐 보세요."

우물쭈물하고 있던 장군은 그녀가 계속 재촉을 하자 마침내 힘차게 목을 내리쳤다.

그 순간 그는 거의 졸도할 뻔하였다. 머리가 잘려나간 몸뚱이가 마룻바닥에 나동그라져 꿈쩍도 하지 않는 것이었다. 그제서야 그는 그 수녀가 능욕을 당하지 않기 위해 마련한 계략에 말려들었다는 것을 깨달았다.

수녀는 죽었다……. 장군의 눈엔 오로지 동정녀의 주검과 고약이 든 항아리 외에는 아무것도 보이지 않았다.

그는 고약이 든 항아리와 목이 잘려나간 몸뚱이를 번갈아 쳐다보았다. 잠시 후에 그는 피묻은 칼을 손에 든 채 미친 사람처럼 문을 박차고 뛰쳐나가 그의 부하들에게 소리를 질러댔다.

"어서 서둘러라. 여길 빨리 빠져 나가야 해!"

그는 이리저리 날뛰면서 넋나간 어린애처럼 계속 울부짖었다.

"내가 그 여자를 죽였어. 바로 내가 그 여자를 죽였단 말이야!"

✻

타인의 행복을 강탈해서는 안 된다. 당신에게는 반드시 당신의 행복이 있다.

타인의 애인을 빼앗으면 안 된다. 당신에게는 반드시 당신만의 애인이 어디엔가 있는 것이다. 기도하면서 기다리면 반드시 적당한 시기에 당신의 눈앞에 나타난다.

타인의 행복을 빼앗으면 안 된다. 아무리 그 사람이 사랑스러워도, 처자가 있는 사람과는 깊은 관계를 맺어서는 안 된다. 그것은 강탈하는 것이므로 반드시 갈등이 생기고, 그 사람을 얻은 행복감보다도 그 이상의 고통을 받게 되는 것이다.

어미 게와 새끼 게

어미 게가 새끼 게에게 타일렀다.

"똑바로 걸어야지, 옆걸음을 하면 안 된다."

그러니까 새끼 게는 걷다 말고 어미 게에게 말했다.

"내 걸음은 어머니한테서 배운 대롭니다. 그럼, 먼저 어머니부터 똑바로 걸어보세요."

많이 닮은 사이가 부모와 자식 사이이다. 자식을 보면 부모를 알 수 있는 것이다. 부모의 도덕적 관념과 성격은 아이에게 반영된다. 아이의 상(相)을 바라보고 부모는 '나의 마음의 모습'을 반성할 필요가 있다.

대부호와 초 하나

존 모레가 하루는 밤이 늦도록 독서를 하고 있는데, 웬 할머니가 찾아왔다.

"부탁 드릴 일이 있어서 왔습니다."

"그럼, 안으로 잠시 들어가시지요."

존 모레는 할머니를 정중히 맞아들여 안으로 모셨다.

"이리 앉으시죠."

"예, 책을 읽는 중이셨군요?"

"예, 그렇습니다만 무슨 일로?"

그러면서 존 모레는 켜 놓았던 두 개의 촛불 중에서 하나를 급히 껐다.

할머니는 존 모레가 촛불을 끄는 것을 보고 계면쩍은 얼굴로 말을 꺼냈다.

"말씀드리기 뭐하지만 실은 선생님께 기부금 좀 내주십사 하는 부탁을 올리려고 왔습니다만……."

"기부금이라니요?"

"예……. 얼마 전에 이 거리에 세워진 학교가 요즈음 재정난으로 학교 운영에 큰 지장을 받고 있답니다. 그래서 얼마라도 좋으니 선생님께 기부금을 원조 받기로 여러 사람의 의견이 모아져 이 늙은이가 찾아온 것입니다. 다소 얼마라도 좋으니 도와주십시오."

할머니는 간곡히 부탁했다.

"예, 잘 알았습니다. 매우 수고가 많으시군요. 그럼 제가 할 수 있는 데까지 도와드리겠습니다."

"감사합니다, 선생님."

"원 별말씀을……."

"저, 그럼 얼마를 해주실 수 있으십니까?"

존 모레는 잠시 생각에 잠겨 있다가, 조그만 소리로 말했다.

"5만 달러로 할까요?"

"예? 5만 달러요?"

"예, 그렇습니다. 할머니께서 놀라시는 걸 보니 액수가 적어서 그러는가 보죠?"

할머니는 펄쩍 뛰며 손을 내저었다.

"적다니요? 그런 뜻으로 놀란 것이 아닙니다. 실은 아까 제가 선생님 방에 들어왔을 때, 선생님께서 켜 놓으신 두 개의 촛불 중에서 한 개를 재빨리 끄시는 것을 보고 일은 틀린 것이라고 생각했습니다. 그런데 뜻밖에도 5만 달러란 엄청난 돈을 내놓으시겠다니……. 정말 너무 기쁘고 놀라서 어쩔 줄을 모르겠습니다."

할머니는 아직도 존 모레의 말이 믿어지지 않는다는 표정으로 말했다.

"할머니, 글을 읽을 때는 촛불 두 개가 필요하지만, 할머니와 제가 이야기하는 데는 촛불 한 개라도 충분하지 않습니까? 그까짓 촛불 한 개에 그처럼 인색할 게 무어냐고 하실지 모르지만, 저는 오늘날까지 이처럼 절약을 하면서 살아왔기 때문에 할머니께 5만 달러를 기부할 수 있는 것입니다."

하며 싱긋이 웃었다.

할머니는 이 말에 깊은 감명을 받았다. 존 모레가 하루 아침에 대부호가 된 것이 아님을 깨달은 것이다.

✦

재산을 많이 가진 자가 그 재산을 자랑하고 있더라도, 그가 그 재산을 어떻게 쓰는지를 알 수 있을 때까지는 그를 칭찬해서는 안 된다.

<소크라테스>

인생의 비결

한 행상인이 거리를 돌아다니며 큰 소리로,

"인생의 비결을 사갈 사람은 없습니까?"

라고 외쳤다. 그의 말대로 인생을 사는 비결을 사기 위해서 삽시간에 많은 사람들이 구름처럼 모여들었다.

"여보시오, 그 인생의 비결을 삽시다."

사람들이 여기저기서 이구동성으로 비결을 사자고 나서자 상인은,

"인생을 참되게 사는 비결은 바로 자기의 혀를 조심해서 쓰는 일입니다."

라고 말했다.

타인의 아픈 곳을 찌르는 듯한 언동은 삼가야 한다. 특히 얼굴의 결점이나 의상의 결점 등을 발견하여도 그것을

입에 담지 말아야 한다.

　상대방이 열등감을 느끼고 있는 점에 대해서는 되도록 거론하지 않는 것이 애정이다. 그리고 상대방이 다소라도 자신을 가지고 있는 점을 발견하여 칭찬하는 것이 좋다. 그것이 인간관계를 원활하게 하는 길이다.

재 주

중국의 춘추전국시대 조나라에 공손용이라는 사람이 있었다. 그는 무엇이든 한 가지 이상의 재주만 가진 사람이면 누구나 다 자가 집의 식객으로 붙들어 두었다.

그러자 이 소문을 들은 사람들이 사방에서 몰려들었고, 그들은 각기 자기가 지니고 있는 재주를 내세우며 식객으로 받아 주기를 청하였다.

그들 중에는 별의별 재주가 다 있었다.

어떤 사람이,

"나는 고함을 잘 지르는 재주가 있으니 있게 하여 주시오."

하고 말했다.

그의 고함 소리는 굉장했다. 그래서 공손용은 그를 식객으로 받아들였다.

그러나 그가 공손용의 집에 머물게 된 지 일 년이 넘도록 고함을 질러야 할 일은 생기지 않아서 그는 할 일 없이 놀고만 지냈다. 그러자니 주변 사람들의 눈치가 적지 않았다.

　그러자 하루는 식객들을 관리하는 사람이 주인 공손용에
게 말했다.

　"주인님, 고함을 재주로 내세워 식객으로 있는 자는 내
보내시는 것이 좋을 것 같습니다. 그의 고함 소리는 아직
한 번도 써본 적이 없습니다."

　그러자 공손용은,

　"그냥 있도록 내버려 두게. 언젠가는 그 재주도 쓸 데가
있을 걸세."

하며 그를 그냥 있게 했다.

　한 번은 공손용이 연나라로 여행을 가게 되었다.

　그가 연나라에서 돌아오는데 큰 강을 만나 건너지 못하
고 있었다. 매우 중요한 일이 있었던 공손용은 그날 안으
로 반드시 강을 건너야 할 입장이었다.

　그런데 강의 이쪽에는 배가 없었으나 강의 저편에는 배
가 한 척 떠 있었는데, 사공은 보이지 않았다.

　사람들이 소리를 쳤으나 누구 하나 나오지 않았다.

　그러자 그 식객은 이제야말로 자기가 나설 때라고 생각
하고 강가로 나가 큰 소리로 고함을 쳤다.

　"여보시오, 사공. 배 좀 빌립시다."

　그가 단 한 번 고함을 쳤는데도 강 건너에서는 벌써 알
아듣고 손을 흔들어 보였다.

　잠시 후 배는 강 이쪽으로 건너왔고, 공손용은 무사히
돌아올 수 있었다.

신은 이 자연 속에 가지각색의 초목이 자라도록 하였듯이 사람 속에도 여러 재능의 씨앗을 뿌려 놓았다. 나무에 따라 꽃과 열매가 다르듯 사람에 따라 재능의 씨앗도 저마다 독특한 성능을 가지고 있다. 아무리 좋은 사과나무라 할지라도 사과는 열리지만 감은 열리지 않는다. 따라서 작든 크든 자기 자신의 특성을 살리는 것이 가장 중요하다.

극락과 지옥

어느 승려가 길을 가고 있는데 웬 깡패가 길을 막고 물었다.

"스님, 극락과 지옥이 있다는데 그게 사실이오?"

"예, 그렇습니다."

스님의 말에 깡패는 냉소적으로 이죽거리며,

"그럼, 극락과 지옥은 어디에 있소?"

라고 물었다. 그러자 승려는 차분한 음성으로,

"극락과 지옥은 지금의 당신과 나 사이에는 없습니다."

라고 대답했다. 그 대답에 깡패는 승려를 땡초라고 비난하며 불끈 쥔 커다란 주먹을 들어올려 승려를 내리쳤다.

이때 승려가 깡패의 주먹을 막으며 말했다.

"바로 지금이 지옥이오."

그러자 깡패는 기가 찬다는 듯이 웃음보를 터트렸다.

그 순간 승려가 다시 말했다.

"지금이 바로 극락이오."

웃음과 사랑이 있는 곳이 바로 극락이다. 반면에 미움과 다툼이 있는 곳은 지옥이다.

어리석은 사람은 극락이 멀리 있다고만 생각한다. 그러나 슬기로운 사람은 일상에서 극락을 만든다.

영웅 이야기

　어느 시골 마을에서 열두 명의 사내들이 밀가루를 빻기 위해 시내에 나갔다가 돌아오는 길이었다.

　그 중 가장 연장자가 출발할 때의 인원이 맞는지 헤아려 보았는데, 자기를 세지 않았기 때문에 열한 명밖에 되지 , 않았다.

　그래서 깜짝 놀라 외쳤다.

　"큰일났다! 누군가 없어졌어!"

　그 소리에 일행들은 걸음을 멈추고 저마다 사람들을 헤아려보았다. 그렇지만 모두들 자신을 세는 것을 잊어 버렸다.

　"큰일이다. 누군가가 험한 산길을 오다가 길을 잃고 호랑이에게 물려 죽은 것이 틀림없어."

　열두 명의 사내들은 저마다 호랑이에 물려 죽은 사내의 일을 슬퍼하며 걸음을 재촉했다.

　마을이 가까워지자 첫번째 사내가 말했다.

　"굉장히 큰 호랑이였지!"

하고 말하자 두번째 사내가 말했다.

"크다뿐인가, 미친 것 같은 수놈 호랑이였어."

이 말을 받아 세번째 사내가 말했다.

"그렇게 크고 무서운 호랑이와 싸운 그 친구는 정말 용감했어."

네번째 사내가 말했다.

"용감하다 뿐인가! 맨손으로 호랑이의 이빨을 부러뜨린 사람은 이 나라에서 그 친구밖에 없을 거야."

다섯번째 사내가 말했다.

"부러진 호랑이의 이빨은 정말 크고도 날카로웠지."

여섯번째 사내가 말했다.

"호랑이는 이빨이 부러지자 더욱 미친 듯이 날뛰었지."

일곱번째 사내가 슬픈 표정을 지으며 말했다.

"그나저나 그 친구의 가족은 어떡하지? 그리고 우리는 이 일을 어떻게 말하지?"

여덟번째 사내가 침통한 소리로 말했다.

"어쩔 수 없는 일이 아닌가, 사실대로 말할 수밖에……."

아홉번째 사내가 말했다.

"그래, 호랑이와 용감히 맞서 싸우다 죽었다고 사실대로 말하고 가족을 위로해 주는 수밖에 없겠어."

열두 명의 사내들은 슬픈 표정으로 마을로 돌아왔다. 그리고 입을 모아 없어진 동료가 호랑이와 싸운 이야기를 하기 시작했다.

그때 한 꼬마가 열두 명의 사내가 땅에 내려놓은 밀가루 부대를 또랑또랑한 목소리로 세기 시작했다.

"하나, 둘, 셋……, 열둘."

부대는 열두 개였다. 꼬마의 셈이 끝나자 이상하게 생각한 마을의 가장 어른이 돌아온 사내들을 세었다. 열두 사람이었다.

"아니 열두 사람이잖아!"

그 말을 들은 열번째 사내가 기쁜 듯이 소리쳤다.

"없어진 친구가 돌아왔다. 무서운 호랑이를 혼자서 해치우고 돌아온 거야."

열한번째 사내도 덩달아 기뻐하며 말했다.

"호랑이를 이긴 사람은 그 친구밖에 없어. 정말 굉장한 일이야!"

열두번째 사내가 말했다.

"이건 우리 마을의 자랑이야. 우리는 이 나라에서 가장 용감한 사람과 함께 살고 있는 것에 감사해야 해!"

그래서 그 날 온 마을 사람들은 용감한 사람을 위한 축제를 열었고, 이 영웅의 이야기는 후손에게 전해졌다.

말 - 그것은 사자(死者)를 무덤에서 불러내고 생자(生者)를 묻을 수도 있다.

말 - 그것으로 소인을 거인으로 만들고 거인을 때려 잡을 수도 있다.

<하이네>

자신을 안다는 것

어느 비오는 날 저녁, 그는 서재의 의자에 앉아 두터운 입술 사이로 터키 산 담배 연기를 내뿜으며 고서(古書)의 책장을 뒤적이기 시작하였다. 그는 플라톤이 기록한 소크라테스의 '자신을 안다는 것'에 대한 대화를 읽어 내려갔다. 읽었던 내용을 명상하면서 동방과 서방의 철학자와 현인들을 찬양하고픈 감정에 사로잡혔다.

'너 자신을 알라.'

라는 소크라테스의 말을 중얼거리던 그는 자리를 박차고 일어나 두 손을 치켜들고 소리를 질러 댔다.

"정말이지 내 자신을 알아야 해. 내 자신의 감추어진 마음을 꿰뚫어 볼 줄 알아야 해. 그럴 때만이 모든 회의와 고뇌를 던져버릴 수 있어. 내 자신의 정신적 자아를 내 자신의 물질적 자아가 볼 수 있도록 하는 것과 내 자신의 피와 살의 현존 속에 감추어진 비밀을 내 자신의 추상적 본질이 볼 수 있도록 하는 것은 나의 최고의 의무야."

신비스런 환희에 흠뻑 젖은 그의 눈은 자기 자신을 알고

자 하는 열망으로 번뜩거렸다.

그는 옆방으로 가서 거울 앞에 동상처럼 우뚝 섰다. 그리고 유령 같은 자신을 응시하면서 머리와 얼굴, 몸통과 손발의 모습을 자세히 음미하였다.

그는 반 시간 동안 그 자세를 흐뜨리지 않고 서 있었다. 마치 천상의 지혜의 여신이 그의 몸에다 영혼의 비밀이 담겨 있는 신비하고 고귀한 생각을 부어 주고, 가슴을 빛으로 가득 채워주는 것처럼……. 마침내 그는 조용히 입을 열어 자신에게 말하였다.

"난 키가 작아. 그러나 나폴레옹과 빅톨 위고도 그랬어. 내 코는 매부리코야. 그러나 볼테르와 조지 워싱턴도 그랬어. 난 이마가 좁아. 그러나 소크라테스와 스피노자도 그랬지. 난 대머리야. 그러나 세익스피어도 그랬어. 내 눈은 움푹 들어갔어. 그러나 사도바울과 니체도 그랬어. 나의 두터운 입술은 루이 14세를 닮았고 굵은 목은 한니발과 마크 안소니와 꼭 닮았어."

그는 잠시 멈춘 다음 다시 중얼거리기 시작하였다.

"내 귀는 길어서 동물 머리에나 어울릴 거야. 하지만 세르반테스도 그런 귀를 가졌었어. 내 얼굴은 불쑥 튀어 나왔고 내 뺨은 움푹 꺼졌어. 하지만 라파엘과 링컨도 그랬어. 내 턱은 윌리암 피트와 골드 스미스처럼 우묵 들어가 있어. 내 어깨의 한쪽은 다른 쪽보다 높지만, 갬비트도 그랬지. 내 손바닥은 몹시 두껍고 손가락은 아주 짧아. 이것은 에딩톤을 닮은 거야. 내 몸은 뼈와 가죽만 남았어. 그러나 그건 위대한 사상가들이 일반적으로 갖고 있는 특징이야.

난 발자크처럼 내 옆에 커피 포트가 없으면 차분히 글을 읽거나 쓰지 못하지. 무엇보다도 난 비천한 사람들과 어울리기를 좋아해. 그건 톨스토이를 닮은 거야. 때때로 난 2, 3일간 얼굴과 손발을 안 씻곤 하지. 베토벤과 월트 휘트만도 그랬지. 남편이 외유 중일 때 여자들이 벌이는 행각에 관한 이야기를 들으면서 휴식을 취하는 건 나의 기이한 취미야. 그건 보카치오가 그랬던 것하고 딱 맞아 떨어져. 나의 술 실력에는 말로우와 아비 노와스, 그리고 노아도 혀를 내두를 거야. 엄청나게 많은 음식을 먹어치우는 실력은 바쉬어 대공이나 알렉산더 대왕을 능가하지."

그는 또 한번 잠시 멈춘 다음, 더러운 손끝으로 이마를 만지작거리면서 계속 중얼거렸다.

"이게 나야. 이것이 나의 실체라구. 난 역사가 시작된 이래 지금까지 배출되었던 위인들이 갖고 있었던 자질을 모두 구비하고 있어. 그런 자질을 갖고 있는 청년은 반드시 성공하게 되어 있어. 지혜의 본질은 바로 자신을 안다는 것이야. 내 마음 깊은 곳에 무언가를 아로새겨준 우주의 위대한 정신이 나를 이 지상으로 파견한 거야. 이제부터 그가 내게 부여한 과제를 수행해야 해. 나는 노아시대부터 소크라테스와 보카치오를 거쳐 아마드 파리스쉬다트에 이르기까지 존재했던 여러 위인들과 함께 하고 있는 거야. 내가 시작하려는 일이 얼마나 위대한 작업인지는 나 자신도 알 수가 없어. 그러나 낮과 밤의 영감이 만든 모든 신비한 자질들을 자신의 자아와 인격 안에 감추고 있는 인간은 의심할 여지없이 위대한 일을 성취할 수 있는 능력이 있어……. 난 내 자신을 알게 되었어. 그래, 신이 나의 존재를 알게 된 거야. 영원하리라, 나의 영혼과 자아여! 우주여, 영원하여라. 나의 목적이 성취될 수 있도록!"

그는 방을 향해 발걸음을 돌렸다. 그의 못생긴 얼굴은 기쁨으로 빛났고, 그의 목소리는 기분이 좋은 고양이의 가르랑거림처럼 흘러나왔다. 그는 알라 알 마리가 쓴 다음과 같은 시구를 반복해서 읊조렸다.

"내가 이 시대의 마지막 인간일지라도, 선조들이 꿈꾸지 못했던 것들을 이루어내리라."

이윽고 그는 너저분한 옷을 입은 채 더러운 침대에 누워 잠을 청하였다. 잠시 후 맷돌 돌아가는 듯한 코고는 소리가 들려왔다.

***

눈을 안으로 뜨라! 그러면 우리 마음 속에 있는, 아직 발견되지 않은 많은 새로운 세계를 발견할 수 있으리라! 헛되이 밖으로 헤매며 신세계를 찾지 않더라도 사람의 마음 속에는 아직 드러나지 않은 넓은 신세계가 있다. 우리가 얻고 싶어하는 것은 오로지 우리의 마음에서만 얻게 되는 것이다.

행복한 바보

나는 노무현식 바보가 좋다

1판 1쇄 인쇄 | 2003년 2월 5일
1판 1쇄 발행 | 2003년 2월 10일
　재판 발행 | 2022년 10월 25일

지은이 | 이명수
펴낸이 | 김용성
펴낸곳 | 지성문화사
등　록 | 제5-14호(1976. 10. 21)
주　소 | 서울시 동대문구 신설동 117-8 예일빌딩
전　화 | 02-2236-0654
팩　스 | 02-2236-0655

정　가 | 14,000원